字
句
———
Lette

无尽的河流

Oscar Wilde

THE Critic
AS Artist

作为艺术家的批评家

著者 [英]奥斯卡·王尔德
译者 张帆

北京联合出版公司
Beijing United Publishing Co.,Ltd.

目 录

谎言的衰朽

THE DECAY OF LYING / 1

笔杆子、画笔和毒药——一场探究

PEN, PENCIL AND POISON: A STUDY / 59

作为艺术家的批评家——闲论无所事事的重要性

THE CRITIC AS ARTIST WITH SOME REMARKS UPON THE IMPORTANCE OF DOING NOTHING / 99

作为艺术家的批评家——闲论畅所欲言的重要性
THE CRITIC AS ARTIST WITH SOME
  REMARKS UPON THE IMPORTANCE OF
  DISCUSSING EVERYTHING / 157

面具的真理——一份关于幻象的笔记
THE TRUTH OF MASKS: A NOTE ON
  ILLUSION / 221

谎言的衰朽
THE DECAY OF LYING

对话

人物：西里尔和维维安①

场景：诺丁汉郡一栋乡村别墅的藏书室

西里尔（从露台开着的窗户走进来）：亲爱的维维安，别整天把自己关在藏书室里。多美好惬意的下午啊！外面空气清新怡人，林中弥漫着薄雾，就像李子树上绽放的点点紫花。我们去躺在草坪上，吸着烟享受大自然吧。

维维安：享受大自然！我庆幸我已完全没有那个能力了。人们认为，艺术能激发我们更热爱自然，它将自然的奥秘展现于人前，但在深入研究了柯罗②和康斯太勃尔③

---

① 西里尔（Cyril）和维维安（Vivian）是王尔德的两个儿子。
② 柯罗（Jean Baptiste Camille Corot，1796—1875），法国写实主义风景画和肖像画家。
③ 康斯太勃尔（John Constable，1776—1837），19世纪英国著名风景画家。

之后，我们能看到以前所忽略的自然之美。我觉得我们了解艺术越多，对自然的关注就越少。艺术真正向我们揭示的是，自然是浑然天成不经设计的，是原生原长又奇特的，是异乎寻常单调的，是总在变化的未完成的状态。当然，自然有她的意图，但正如亚里士多德说的那样，她无法将其尽数展现。当我看风景时，我不禁会看到它的全部缺陷。然而，自然的不完美对我们而言是幸运的，否则我们根本就不会有艺术。艺术是我们坚定的抗议，是我们试图为自然指明方向的勇敢尝试。至于自然界的变化多端，那纯粹只是个神话。变化不会在自然本身中被发现，它存在于观者的想象中、幻想中，存在于被培养出来的盲目之中。

西里尔： 好吧，你不必看风景。你可以躺在草坪上抽烟聊天。

维维安： 但是自然并不让人舒服。草地又硬又矮又潮，还到处遍布讨厌的黑虫子。嘿，就算莫里斯[①]最差劲的工人做出的椅子，也比整个自然能做出的更舒服。自然

[①] 莫里斯（William Morris，1834—1896），19世纪英国著名设计师、画家、诗人，拉斐尔前派重要成员，英国工艺美术运动的代表人物。文中指莫里斯与朋友合作创办的设计公司。

在"借用牛津之名的那条街"①——你最爱的诗人曾这样别有用心地描述过——的家具面前也黯然失色。我不抱怨,如果自然是让人舒适的,人类就不会发明建筑,我喜欢在屋里多过户外。在房子里,我们觉得恰当又协调。一切都服务于我们,依照我们的需要和满足来设计。自我主义本身,对人类尊严的正确意识是非常必要的,而这完全是室内生活的结果。在户外,人们变得抽象和客观,人们的个性不再,而自然又是如此冷漠、毫不在意。无论何时我在公园里散步,我总觉得我对自然而言就像放牧在山坡上的牛群,或者小沟里开花的牛蒡一样。没有什么比自然憎恨智慧更显而易见了。思想是世界上最不健康的事情,人们死于它,正像死于其他疾病一样。幸运的是,至少在英国,思想是没有传染性的。作为一个民族而言,我们出色的体格完全归因于我们民族的愚蠢。我只希望在未来的很多年,我们还能保持这伟大而兼具历史性的幸福堡垒,但恐怕我们开始被过度地教育了,至少每一个没有学习能力的人都开始教人了——这正是我们对教育的热忱导致的。那么你最好回到乏味的、让人不舒服的自然中去吧,好让

---

① 该句引自英国浪漫主义诗人威廉·华兹华斯(William Wordsworth)的诗歌 *Power of Music* 中第一小节。

我修正我的校样。

西里尔：你写文章呢！这跟你刚才说的话可不太一致。

维维安：谁要一致？是那些笨蛋和教条主义者，那些乏味的人，他们在最后的行动中，在实践的反证中奉行自己的原则，而不是我。我像爱默生一样在藏书室的门上写了"突发奇想"这四个字。此外，我的论文真的是最有益、最宝贵的警告。如果人们能够关注到，那可能将是一场新的文艺复兴。

西里尔：你的主题是什么？

维维安：我想把它叫作"谎言的衰朽：异议"。

西里尔：谎言！我本以为我们的政客保持着这个习性。

维维安：我向你保证他们不会。他们从未超越以讹传讹的水准，居然还屈尊去证实、讨论、争辩。真正的谎言家则截然不同，他们理直气壮的言论毫无责任感可言，对任何形式的证明都抱有天然的轻蔑。终究，什么是好的谎言呢？简单地说，它可以证明自己。如果一个人极度缺乏想象力来证明谎言，他不妨还是尽早说出真相为好。但是政客们是不会这么做的。或许有些法律界的做法能被借鉴，诡辩家的衣钵传给了律师们。他们的虚情假意和花言巧语让人愉快。他们会让糟糕的事情看起来越来越好，就好像刚从利昂廷学派①走出来一样，他们为客户从不情不愿的陪审团中攫取大获全胜的无罪判决，即使那些客户多半确实是清白无辜的。但他们是受普通人之托，而且并不以诉诸先例为耻。不管他们多么殚精竭虑，真相总会浮现。甚至报纸也衰朽了，他们现在可以完全让人信赖。当人们费力地阅读那些专栏时能感受到这一点，它总是报道事件中最缺乏可读性的东西。恐怕对律师和新闻记者们没什么好多说的。再说，我想讲的是艺术的谎言。我能给你念念我写的东西吗？这可能对你有很大的益处。

西里尔： 当然，如果能给我支烟的话。噢，谢谢。顺便问一下，你打算投给哪家杂志？

维维安： 给《回顾评论》。我想我告诉过你，那些杰出人士让它复刊了。

西里尔： 你说的"杰出人士"是指谁？

维维安： 哦，当然是"疲靡的享乐主义者"。那是我加入的一个俱乐部。大家认为我们见面时，应该在纽扣孔

---

① 利昂廷学派（Leontine schools）指拜占庭的神学家利昂廷的学说。

中插上褪色的玫瑰,并对图密善①怀有几分崇拜。我恐怕你不符合资格。你太喜欢简单的乐趣了。

西里尔:我想我会因为具备动物精神而被排除在外吧?

维维安:可能。此外,你年纪有点大了。我们不招收你这个年纪的人。

西里尔:嗯,我想你们对彼此都非常厌倦吧?

维维安:我们的确是这样。那是俱乐部的宗旨之一。现在,如果你保证不再那么频繁打断我的话,我就来给你念念我的文章。

西里尔:你会发现我全神贯注的。

维维安(以一种非常清晰、悦耳的声音朗读):"《谎言的衰朽:异议》——我们这个时代大多数的文学作品之所以如此平淡无奇的一个首要原因就是,谎言——作为一种艺术,一门科学,一种社交乐趣——毋庸置疑地衰朽了。古代历史学家以事实的形式带给我们令人愉悦的虚构,现代小说家则在虚构的假面下向我们提供索然无趣的事实。蓝皮书②无论在方式还是方法上,都正在急速成为

---

① 图密善(Domitian,51—96),罗马帝国第十一位皇帝。
② 英国议会发表的封皮为蓝色的官方文件。

现代小说家的理想事物。他有他冗长的人之文献①，他用显微镜在那小小的悲惨的创作之角②中窥探。他不是在国家图书馆就是在大英博物馆，不知羞耻地钻研他的主题。他甚至没有勇气追随他人的想法，但却坚持要直接到生活中寻找一切。最终，从家庭圈或每周来一次的洗衣女工那里汲取了他的原型，获得了即使在最沉思的时刻也完全无法从中摆脱的大量有用的信息之后，他终于在百科全书和个人经历之间碰了壁。

"总的来说，我们时代这种虚假的理想给文学带来的损失是不可低估的。人们以漫不经心的口吻谈论'天生的谎言家'，就像他们谈论'天生的诗人'一样。但在这两者中他们都错了。谎言和诗歌是艺术——正如柏拉图所见，艺术并非是互不相连的——它们需要最细致的研究和最无私的奉献。事实上，就像绘画、雕塑这些更为有形的艺术，有它们在形式和色彩上的微妙秘诀，有它们在工艺上的奥秘，有它们几经推敲的艺术手法一样，谎言和诗歌也有自己的技巧。就像人们通过美妙的音乐认识诗人，人们也可以通过富有节奏的话语来识别谎言家，在这两种情

---

① 原文为法文，document humain。
② 原文为法文，coin de la création。

况里，仅凭一时随意爆发的灵感都是不够的。这里和其他地方一样，也必然实践在先，而后完善。但是在现代，写诗的风尚已经变得过于普遍，如果可能的话应该加以劝阻，而说谎的风气几乎已经声名狼藉。许多年轻人以与生俱来的夸张天赋开启他们的生活，如果在志趣相投又富有同情心的环境造就下，或者通过模仿最好的典范，这些天赋可能会成为真正伟大而令人惊叹的东西。但是通常情况下，他一事无成。他要么陷入讲求准确性的草率习性中——"

西里尔：我亲爱的朋友！

维维安：请别在句子中间打断我。"他要么陷入讲求准确性的草率习性中，要么惯于出入长者或消息灵通人士的社交圈。这两样对他的想象力都是致命的，事实上，它们对任何人的想象力都是致命的。在短期内，他形成了近乎病态的、不健康的说实话的能力，开始核实人们在他面前的所有说法，毫不犹豫地反驳比他年轻得多的人，最后他通常以写小说告终，而那些小说与生活极为相似，以至于没人会相信其可能性。我们所说的并不是孤例，这只是众多例子中的一个。如果不能做些什么来制止，或者至少是改变我们对事实近乎偏执的崇拜，艺术就会变得贫瘠，美将从大地上消失。

"即使是罗伯特·路易斯·史蒂文森①，这位因精妙文笔和别出心裁的作品而受人喜爱的散文大师，也被现今这股'恶习'所沾染——我们不知道还能用什么别的词来称呼它。为了试图让故事变得过于真实而掠夺其真实性，确实有这样的做法。《黑箭》②如此缺乏艺术性，以至于连一件值得吹嘘的与年代不符的事都没有，而杰基尔医生③的变形读起来危险得就像《柳叶刀》④里的实验。至于瑞德·哈格德⑤先生，他确实拥有或者曾经具备完美卓越的谎言家气质，现在却极其害怕被认作天才，所以当他要告诉我们任何奇妙的事情时，他觉得必须编造出一段个人回忆，并把它放进脚注中，怯懦地将其作为一种事实的佐证。我们其他的小说家也没好到哪里去。亨利·詹姆斯⑥

---

① 罗伯特·路易斯·史蒂文森（Robert Louis Stevenson，1850—1894），19世纪后半叶英国伟大的小说家。
② 《黑箭》（*The Black Arrow：A Tale of the Two Roses*），罗伯特·路易斯·史蒂文森的小说。
③ 杰基尔医生（Dr. Jekyll），罗伯特·路易斯·史蒂文森的短篇小说《化身博士》中的主人公。
④ 英国医学杂志。
⑤ 瑞德·哈格德（Rider Haggard，1856—1925），英国作家。
⑥ 亨利·詹姆斯（Henry James，1843—1916），美国小说家、文学批评家、剧作家和散文家。

先生写小说似乎是一项艰巨的任务,在卑劣的主题和难以洞悉的'观点'上,浪费了他简洁的文学风格、精准的措辞,以及机敏犀利的讽刺。霍尔·凯恩①先生志在雄伟宏大的写作,这倒是真的,他声嘶力竭地写,然而却表达得如此喧闹,以至于反倒没人能听懂他在说什么。詹姆斯·佩恩②先生是擅长在艺术中隐藏不值一提的东西的行家里手。他以目光短浅的侦探般的热情,对那些显而易见的东西紧追不舍。当人们翻过一篇篇书页时,作者的悬念变得让人几乎无法忍受。威廉·布莱克③先生四轮马车上的马匹并非向着太阳疾奔,它们只是因傍晚天空中绚烂热烈的光影而受到惊吓,农民们一看到它们靠近,便钻进满是方言土语的避难处。奥莉芬特④夫人津津有味地闲扯着那些助理牧师、草坪网球聚会、家庭生活,以及其他让人腻烦的事情。马里恩·克劳福德⑤先生早已将自己献上了具有当地色彩的祭坛。他像法国喜剧中的那位女士一样,

---

① 霍尔·凯恩(Hall Caine, 1853—1931),英国作家。
② 詹姆斯·佩恩(James Payn, 1830—1898),英国作家。
③ 威廉·布莱克(William Black, 1841—1898),英国作家。
④ 奥莉芬特(Margaret Oliphant, 1828—1897),英国女作家。
⑤ 马里恩·克劳福德(Francis Marion Crawford, 1854—1909),美国作家。

不停地谈论着意大利美丽的天空①。此外，他还满口仁义道德，养成了发表陈词滥调的坏习惯。他总是告诉我们，好是善行，坏是恶行，有时他简直是在教化众生。《罗伯特·埃尔斯米尔》②绝对是一部杰作——一部枯燥类型③的杰作，英国人倒似乎极其喜欢这种文学形式。我们一位颇有想法的年轻朋友曾经说过，这使他想到了那种在一个不信奉国教的家庭中享用肉茶④时的谈话，我们完全可以相信这一点。事实上，只有在英国才能出版这样的书。英国可以堪称迷茫思想的故土。至于伟大的、日渐增长的小说家流派⑤，对他们来说太阳总在东边⑥升起，关于他们，唯一可以说的是，他们发现生活是粗糙的，并任由其肆意粗糙下去。

"在法国，尽管没有出版什么类似《罗伯特·埃尔斯米尔》那样刻意冗长乏味的作品，但状况也没有多好。居伊·德·莫泊桑以他尖锐幽默的讽刺和极为鲜明生动的

---

① 原文为法文，le beau ciel d'Italie。
② 《罗伯特·埃尔斯米尔》(*Robert Elsmere*)，英国女作家汉弗莱·沃德夫人（Mrs. Humphry Ward）的作品。
③ 原文为法文，genre ennuyeux。
④ meat tea，英国的一种茶俗，指下午五点至六点之间备有肉食、冷盘的正式茶点。
⑤ 英国现实主义小说家流派。
⑥ 这里为双关语，东边（the East-End）也指伦敦东区的贫民区。

风格,褪去那仍用来掩盖生活的丝缕破布,向我们揭示污秽溃烂的伤口。他写骇人听闻的小悲剧,其中的每个人物都很荒谬可笑;他写苦涩的喜剧,让人完全无法笑出眼泪。爱弥尔·左拉①,忠于他在一个关于文学的宣言中提出的'天才从无智慧'②的崇高原则,决心表明他如果不是天才,至少可以做到平庸。他多么成功啊!他并非没有力量,比如在《萌芽》上,有时确实呈现了一些几乎可以称为史诗的作品。但他的作品自始至终完全是错误的,不是基于道德上的错误,而是基于艺术上的错误。从任何道德的立场而言,它都恰好本应如此。作者是完全坦诚而精准地描述事情发生的状况。道德家们还能有什么愿望呢?我们对这个时代针对左拉先生的道德愤慨置若罔闻,那只是伪君子被揭露后的愤慨。但从艺术的立场上来说,有什么可以偏袒《小酒店》《娜娜》和《家常事》的作者呢?没有。罗斯金③先生曾经形容乔治·艾略特④小说中的人物是本顿维尔公共汽车上的垃圾,然而左拉先生笔下的人物还要糟糕得多。他们有沉闷乏味的恶习,以及愈加沉闷乏

---

① 爱弥尔·左拉(Émile Zola,1840—1902),法国自然主义小说家和理论家。
② 原文为法文。
③ 罗斯金(John Ruskin,1819—1900),英国作家、艺术家、评论家。
④ 乔治·艾略特(原名 Mary Ann Evans,1819—1880),英国女作家。

味的德行。对他们生活的记录索然无趣,谁会在意他们身上发生了什么?在文学中,我们需要差异、魅力、美感和想象的力量。对于那些有关底层人士所作所为的描述,我们不想为之憎恶,受其困扰。都德先生则好很多,他富有才智,文风轻巧幽默。但是他最近也坚定地走上了文学的自毁之路。或许没有人会在意德洛贝勒①和他的'必须为艺术而战'②,或在意瓦尔马约尔③对夜莺无尽的重复,以及《雅克》④中的诗人和他残酷的言论⑤,因为现在我们已经从《我的二十年文学生涯》⑥中得知,这些角色都直接来源于生活。对我们而言,他们好像瞬间失去了一切的生气,失去了所有他们曾拥有的少许品质。唯一真实的人是那些从未存在过的人,如果一个小说家甚至要到生活中去寻找他的人物,那至少应该假装他们是虚构的,而不是吹嘘他们是生活的复制品。小说中一个人物的合理性不在于别人是怎样的,而在于作者是怎样的。否则,小说就不是艺术的

---

① 都德的小说《小弟弗罗蒙与长兄黎斯雷》中的人物 Delobelle。
② 原文为法文。
③ 都德的小说《努马·卢梅斯当》中的人物 Valmajour。
④《雅克》(*Jack*),都德撰写的小说。
⑤ 原文为法文。
⑥《我的二十年文学生涯》(*Vingt Ans de ma Vie littéraire*),都德的作品。

产物了。至于罗马心理学大师保罗·布尔热[①]，他犯了一个错误，认为现代生活中的男女能够用无数个章节被无尽地分析下去。事实上，上流社会（布尔热先生除了去伦敦外，很少走出圣日耳曼区）的有趣之处在于每个人戴着的假面，而不在于面具下的真实。这可谓是一种羞耻的供认，但我们所有人的本质都是相同的。在福斯塔夫[②]身上有哈姆雷特的影子，在哈姆雷特身上也有不少福斯塔夫的影子。那位胖爵士有着忧郁的情绪，而年轻的王子有时也会开粗俗的玩笑。我们彼此不同之处纯粹通过衣着、举止、语调、宗教观念、个人外表、技巧习惯等不那么重要的东西来区分。越分析人物，就越没有分析的必要。人们迟早会遇到那可怕而普遍的东西，即人性。事实上，曾经和穷人一起工作过的任何人都知道，人类的兄弟情谊不仅仅是诗人的梦想，那更是最令人沮丧和羞愧的现实；如果一个作家坚持要分析上层阶级，他最好还是马上去写卖火柴的小女孩和街头小贩吧。"然而，我亲爱的西里尔，我不想在这里再耽搁你了。我非常认可现代小说有许多优点，而我所坚持的是，作为一种类型，他们完全没有可读性。

---

① 保罗·布尔热（Paul Bourget，1852—1935），法国小说家和评论家。
② 莎士比亚笔下的人物 Falstaff。

西里尔：这毫无疑问是非常重要的一点，但是我必须要说，你的一些指摘相当不公平。我喜欢《法官》①《赫的女儿》②《门徒》③以及《艾萨克斯先生》④，至于《罗伯特·埃尔斯米尔》，我更是爱不释手。

不是说我要把它当作一部严肃的作品看待。作为对虔诚的基督徒所面临问题的描述，它显得荒谬而迂腐。它根本就是阿诺德⑤摒除了文学后的《文学与教义》。它和佩利的《证据》，或者科伦索⑥的《圣经》注释方法一样落后于时代。最令人印象深刻的，莫过于一个不幸的英雄郑重地宣告早已到来的黎明，却完全不知其真正的含义，以至于他还打算冠以新名字再续旧日的事业。但是从另一方面来看，它有一些巧妙的讽刺和一堆迷人的引文，格林⑦的哲学更是为作者小说中的苦涩药丸惬意地裹上了糖衣。我不禁要表达我的讶异，你居然没有提到你热衷阅读的那两位

---

① 《法官》(*The Deemster*)，霍尔·凯恩的作品。
② 《赫的女儿》(*A Daughter of Heth*)，威廉·布莱克的作品。
③ 《门徒》(*Le Disciple*)，保罗·布尔热的作品。
④ 《艾萨克斯先生》(*Mr. Isaacs*)，马里恩·克劳福德的作品。
⑤ 阿诺德（Matthew Arnold, 1822—1888），英国诗人、评论家。
⑥ 科伦索（John William Colenso, 1814—1883），南非纳塔尔的英国主教。
⑦ 格林（Thomas Hill Green, 1836—1882），英国政治思想家、哲学家、伦理学家。

小说家——巴尔扎克和乔治·梅瑞狄斯①。这两位无疑都是现实主义者，不是吗？

维维安：啊，梅瑞狄斯！谁能给他下定义？他的风格就像闪电光芒照射下的一片混沌。作为一个作家，除了语言，他什么都精通；作为一个小说家，除了讲故事，他什么都能；作为一个艺术家，除了表达方式，他什么都会。莎士比亚作品中有人——我想是试金石②——谈到一个总为自己的才智而伤脑筋的人，这在我看来或许可以成为批判梅瑞狄斯手法的基点。但无论他是谁，他都不是一个现实主义者。或者我更愿意说，他是现实主义的"孩子"，却与"父亲"形同陌路，经过一番深思熟虑的斟酌后，他使自己成了一个浪漫主义者。他拒绝向巴力③屈膝，毕竟，即使梅瑞狄斯的高尚灵魂不反抗现实主义的喧嚣主张，他本身的风格也足以和生活保持恭敬的距离。以这样的方式，他在他的花园周围种了一圈荆棘丛生的树篱，上面满布旖旎的红玫瑰。至于巴尔扎克，他是艺术气质和科学精神最绝妙的结合。他将科学精神留给了追随者，艺术气质

---

① 乔治·梅瑞狄斯（George Meredith，1828—1909），英国小说家、诗人。
② 试金石（Touchstone），莎士比亚戏剧《皆大欢喜》中的小丑。
③ 巴力：迦南宗教里代表雨神、风暴神、丰收神的男保护神的头衔。

则完全是他自有的。左拉的《小酒店》和巴尔扎克的《幻灭》之间的区别，正是欠缺想象力的现实主义和富有想象力的现实之间的区别。波德莱尔①说过："巴尔扎克笔下的所有人物，都被赋予了对生活的激情，而这种激情也同样令巴尔扎克自己生机勃勃。他所有的小说都像梦一般浓墨重彩，每一颗心灵都是以意志为弹药上满膛的武器，连卑鄙之人也是天才的。"经常读巴尔扎克，会将我们现实中的朋友削弱成影子，会将我们认识的人削弱成影子中的影子。他的人物是具备狂热色彩的炽烈存在，他们控制着我们，并且无视怀疑。我一生中最大的悲剧之一便是吕西安·德·吕邦波雷②的死亡，这是一种我永远无法完全摆脱的悲伤，它会在我快乐的时刻萦绕心头，会在我笑的时候在眼前浮现。但巴尔扎克并不比霍尔拜因③更现实主义，他创造生活，却并没有复制生活。然而我承认，他过于看重形式的现代性，因此他没有能作为艺术杰作而堪与《萨朗波》④《埃斯蒙德》⑤

---

① 夏尔·皮埃尔·波德莱尔（Charles Pierre Baudelaire，1821—1867），法国19世纪最著名的现代派诗人，象征派诗歌的先驱。
② 吕西安·德·吕邦波雷（Lucien de Rubempré），巴尔扎克作品中的人物。
③ 霍尔拜因（Hans Holbein，1497—1543），德国画家。
④《萨朗波》（*Salammbô*），福楼拜的作品。
⑤《埃斯蒙德》（*Esmond*），英国作家萨克雷的作品。

《患难与忠诚》^①或《布拉热洛纳子爵》^②相提并论的作品。

西里尔：那你是反对形式的现代性喽？

维维安：是的。那是为一个极为糟糕的结果付出的巨大代价。形式的纯粹现代性多少总会庸俗化，它不可避免地就这样了。人们认为，因为他们对周围的环境感兴趣，所以艺术也应该对它们感兴趣，并且应该将它们视作题材。可正是人们对这些事物感兴趣的这个事实，使它们不适合再成为艺术的题材。正如有人曾经说过，唯一美丽的事物是那些与我们无关的事物。只要这个事物对我们有用或必要，或者在任何方面影响到我们，痛苦也好，快乐也好，抑或强烈地激发我们的同情，或是我们生活环境中至关重要的部分，都应排除在艺术应有的范畴之外。对于艺术的题材，我们或多或少应该漠不关心。无论如何，我们都应该没有偏好、没有成见，对任何种类都不偏不倚。正因为赫卡柏^③对我们而言无关紧要，她的悲伤才是如此令人钦佩的悲剧主题。在整个文学史中，我不知道还有什么比查尔斯·里德的艺术生涯更可悲的了。他写了一本

---

① 《患难与忠诚》（*The Cloister and the Hearth*），英国作家查尔斯·里德的作品。
② 《布拉热洛纳子爵》（*Vicomte de Bragelonne*），法国作家大仲马的作品。
③ 赫卡柏（Hecuba），特洛伊王后，特洛伊国王普里阿摩斯的妻子，特洛伊城破后被杀。

美妙的书——《患难与忠诚》，一本远胜于《罗慕拉》的书，正像《罗慕拉》远胜于《丹尼尔·德龙达》①一样，然而他却将他的余生都浪费在对现代题材的愚蠢尝试中，企图引发公众对囚犯监狱状况、对私有疯人院管理问题的关注。当查尔斯·狄更斯意图唤起我们对"济贫法②"执行下的受害者的同情时，他的良心已经极其沮丧了。但是查尔斯·里德，一个艺术家，一个学者，一个真正具备美感的人，像普通的别册作者或轰动一时的记者那样，对当代生活的弊端怒吼不已，真是令天使都潸然泪下的景象。相信我，我亲爱的西里尔，形式的现代性和题材的现代性毋庸置疑是错误的。我们将这个时代普通的制服错认为是缪斯的衣袍，我们本该随着阿波罗去山上，却在肮脏的街道和我们邪恶城市那令人难以忍受的郊区中度日。我们无疑是一个堕落的种族，为了一堆乱七八糟的事实出卖了我们与生俱来的权利。

西里尔： 你所说的话有些道理。毫无疑问，无论我们在阅读一本纯现代小说时能找到什么乐趣，我们在重读它

---

① 《罗慕拉》（*Romola*）和《丹尼尔·德龙达》（*Daniel Deronda*）均为英国女作家乔治·艾略特的作品。
② 济贫法（poor-law），指1601年英国王室通过的《伊丽莎白济贫法》法案。

时都很少能领略到艺术的趣味。而这或许正是用以分辨这是不是文学的最好又简易的测试。如果一个人不能从一遍又一遍地读一本书中得到享受，那就根本没有去读它的必要。然而你如何看待回归生活和自然？这是人们一直推荐给我们的灵丹妙药。

维维安：关于这个问题，我再给你念念我文章里提到的吧。这段本来在后面，不过我也可以现在就读给你听——

"我们这个时代流行的呼声是'让我们回归生活和自然，它们为我们重塑艺术，将红色血液输送到艺术的脉络中，为她迅速蹬上双履，使她的双手更加有力'。但是，唉！我们和蔼又善意的努力是错误的。自然总在时代之后，至于生活，她是破坏艺术的溶剂，是糟蹋她家园的敌人。"

西里尔：你说'自然总在时代之后'是什么意思？

维维安：嗯，或许那是有些隐晦。我的意思是，如果我们将自然与生俱来的本色视为自然，而不作为刻意文化的产物，那在这样的影响下产生的作品总是老套的、过时的、陈旧的。对自然的点到即止可能会使整个世界更为亲密，但倘若略多一筹，却会摧毁任何艺术作品。另一方面，如果我们将自然看作是人类外部现象的汇集，人们只能从中发现那些他们原本赋予自然的东西,她没有任何自己的暗示。华兹华斯去过湖畔,但他从来都不是湖畔诗人。他在石头里发现了他早就藏在那里的启示。他在那一带说教,但他的好作品是在其回归诗歌,而不是回归自然时创作的。诗歌就这样给了他《劳达米雅》①和优美的十四行诗,以及伟大的颂歌。而自然则给了他玛萨·雷②和彼得·贝尔③,以及对威尔金森先生铁锹④的演讲。

西里尔:我对你这个看法存疑。我更倾向于相信"来自春之森林的灵感",当然,尽管这种灵感的艺术价值完全取决于接受者的气质,因此回归自然就意味着向伟大的个性驱进。我想你会同意这点的。不过,继续念你的文章吧。

维维安(朗读):"艺术始于抽象装饰,始于纯粹的想象力和令人愉快的作品,它们涉及的是不真实和不存在的东西。这是第一阶段。然后生活对这新的奇迹着了迷,并要求进入这个迷人的圈子。于是,艺术将生活作为她粗糙材料的一部分再造它,以新的形式重塑它。艺术对事实完全漠不关心,她创造、想象、幻想,并在她自己和现实之

---

① 《劳达米雅》(Laodamia),华兹华斯的诗作。
② 玛萨·雷(Martha Ray),华兹华斯《荆棘》(The Thorn)一诗中的人物。
③ 彼得·贝尔(Peter Bell),华兹华斯同名诗作中的人物。
④ 指华兹华斯的诗作《致一位朋友的铁锹》。(*To The Spade Of A Friend*)

间架起不可逾越的屏障，那便是美丽的风格、装饰性或理想的手法。第三阶段是生活占据上风，将艺术驱逐到了荒野中。这是真正的衰朽，而我们现在正因此深受其苦。

"用英国喜剧来举例。起初在僧侣手中，戏剧艺术是抽象的、装饰性的、神话的。然后她将生活招至麾下，利用生活的一些外在形式，她创造了一个全新的种族，他们的悲伤比任何人感受过的更可怕，他们的快乐比爱人的快乐更激昂，他们拥有泰坦的怒火和诸神的镇定，他们有巨大而非凡的罪恶，也有巨大而非凡的德行。艺术给他们提供了一种不同于现实使用的语言，一种充满共鸣的音乐和美妙韵律的语言，以庄重的抑扬顿挫使之威严，或以奇特的押韵使之精美，以绝妙的用词和崇高的措辞将其装点。艺术给她的孩子们穿上奇装异服，为他们戴上面具，随着她一声令下，一个古色古香的世界从大理石墓穴中升起。一个新的恺撒在崛起的罗马街头昂首阔步；那紫色的风帆和摇曳的船桨载着另一个克利奥帕特拉①循河而上，去往安提俄克。于是古老的神话、传说、梦想自此便内外兼修，形神兼备了。历史完全被改写，几乎没有一位剧作家

---

① 克利奥帕特拉七世，也被称为埃及艳后。

会不承认，艺术的目的不是一目了然的真实，而是错综复杂的美。在这点上，他们绝对是正确的。艺术本身就是一种夸张的形式，而那些杰作，作为艺术真正的精神所在，无非是对过度重视事物的再度强化。

"但生活却很快摧毁了这形式的完美。即便在莎士比亚作品中，我们也能看到结局的开始。它在后期戏剧逐渐被削弱的无韵诗中显现，在越来越占据主导地位的散文中显现，在对性格描述给予的过度强调中显现。莎士比亚作品中的不少段落，语言粗鲁、庸俗、浮夸、荒诞，甚至淫秽，那完全是生活在其中呼唤自己的回响，拒绝染指优美的风格，而生活只有通过这种风格才能得以表达。莎士比亚绝不是一个完美无缺的艺术家。他太喜欢直指生活，喜欢借用生活本身的语言。他忘记了当艺术放弃她想象的'外衣'时，她便放弃了一切。歌德曾在哪里说过——

大师因节制而显现。①

这种节制——任何艺术中的首要条件，便是风格。不过我

---

① 原文为德文。

们不必总停留在莎士比亚的现实主义中。《暴风雨》毕竟是最完美的翻案诗。伊丽莎白时代和詹姆斯一世时期的艺术家们所有宏伟的作品都蕴含着自我消亡的种子,如果说,它们将生活作为粗略的素材,从中汲取了一些力量的话,那它们也同样因将生活作为艺术手法而汲取了所有的缺陷。以模仿取代创意手法,放弃了想象力的形式,其必然结果是让我们拥有了现代英国情节剧。这些戏剧中的人物在舞台上说话就跟在台下一样,他们既没有抱负也没有送气音①,他们来源于生活,重现生活中庸俗的细枝末节,他们展现真实人物的步态、举止、服装和口音,他们就算在三等车厢中也不会被注意到。然而这些戏剧是多么乏味啊!甚至在它们一心要表达的现实印象上都没有取得成功,而那还是它们唯一存在的理由。作为一种手法,现实主义完全是失败的。

"戏剧和小说的真实之处,也同样适用于那些我们称之为装饰艺术的艺术。这些艺术在欧洲的整个发展史,记录着东方风格与我们自身模仿精神间的斗争,东方风格坦率地拒绝模仿,热爱艺术传统手法,厌恶对自然界中任何

---

① 送气音(aspirates)和该剧中的抱负(aspirations)在英语中读音相近,这里表达作者的讽刺。

物体的真实描绘。无论在拜占庭、西西里岛、西班牙,通过实际的接触,或是在欧洲其他一些地区,东方风格都是举足轻重的。我们曾有过美丽而富有想象力的作品,在这些作品里,生活中可见的事物转变成了艺术风格,而那些生活中没有的事物被虚构和塑造出来,以此取悦她。然而,一旦我们重返生活和自然的时候,我们的作品就变得庸俗、平凡、乏味。现代挂毯,尽管有悬在空中的效果,有构思缜密的景观,有广阔无垠的富余的天空,有忠实而费尽心力的现实主义,它却完全没有丝毫的美感。德国的图案玻璃绝对惹人厌恶。我们开始在英国编织能让人接受的地毯,但这仅仅是由于我们又返回到了东方的手法和精神中。大约二十年前,我们的块毯和地毯,连同它们庄重而沉闷的真实,它们对自然的空洞崇拜,它们对可见事物的拙劣复制,甚至都成了市侩之徒的笑料。一位有教养的伊斯兰教徒曾经对我们谈起:'你们基督教徒总在忙于曲解第四戒,以至于从未想过对第二戒进行艺术性的运用。'他完全正确,这件事的全部真相在于:学习艺术真正的学校不是生活,而是艺术。"

现在再让我给你念一段,这段在我看来可以很好地说明这个问题。

"并非总是这样的。我们不必谈论诗人,因为除了华兹华斯先生这个不幸的例外,他们都对自己崇高的使命极为忠诚,并被公认为是绝对的不可靠。尽管现代一知半解的外行们浅薄而狭隘地企图查证希罗多德①的历史,但他仍可以被公正地称为'谎言之父'。在希罗多德的作品中,在西塞罗②已出版的演讲和苏维托尼乌斯③的传记中,在塔西佗④的鼎盛时期,在普林尼⑤的《博物志》中,在汉诺⑥的《航行记》中,在所有早期的编年史中,在圣徒传中,在傅华萨⑦和托马斯·马洛里⑧爵士的作品中,在马可·波罗的游记中,在奥拉斯·马格努斯⑨和阿尔德罗万杜斯⑩的著作中,在康拉德·利科斯丁尼⑪伟大的《奇迹和奇迹纪事》

---

① 希罗多德(约前480—前425),古希腊作家、历史学家。
② 西塞罗(Marcus Tullius Cicero,前106—前43),古罗马著名政治家、演说家、雄辩家、法学家和哲学家。
③ 苏维托尼乌斯(Suetonius),罗马帝国早期著名的传记体历史作家。
④ 塔西佗(Tacitus),古罗马历史学家。
⑤ 普林尼(Pliny,23或24—79),又称老普林尼,古罗马百科全书式的作家,著有《博物志》(*Natural History*)一书。
⑥ 汉诺(Hanno),迦太基探险家。
⑦ 傅华萨(Jean Froissart,约1337—1405),法国著名编年史作家。
⑧ 托马斯·马洛里(Thomas Malory,1405—1471),英国作家。
⑨ 奥拉斯·马格努斯(Olaus Magnus,1490—1557),瑞典历史学家。
⑩ 阿尔德罗万杜斯(Ulysses Aldrovandus,1522—1605),意大利博物学家。
⑪ 康拉德·利科斯丁尼(Conrad Lycosthenes,1518—1561),瑞士博物学家,著有《奇迹和奇迹纪事》(*Prodigiorum et Ostentorum Chronicon*)一书。

中，在本韦努托·切利尼①的自传中，在卡萨诺瓦②的回忆录中，在笛福③的《瘟疫年纪事》中,在博斯韦尔④的《约翰逊传》中，在拿破仑的急件中，以及我们自己的卡莱尔⑤——他的《法国革命》是有史以来最引人入胜的历史小说之一——的作品中，事实要么被搁置在合适的从属地位，要么普遍以黯淡沉闷为理由而被完全排除在外。但现在，一切都变了。事实不仅仅是在历史中找到立足之地，它正在篡夺想象的领地，而且已经侵蚀到浪漫的王国。它们令人战栗的触角掠过一切事物，它们正在使人类庸俗化。美国粗放的商业主义，它物质化的精神，它对事物诗意的一面漠不关心，它欠缺想象力和那些高高在上的理想，完全是由于那个国家将某人视作他们的民族英雄，根据他自己的说法，他不会说谎。在短时期内，即便说，乔治·华盛顿和樱桃树的故事所带来的伤害大过所有文学作品中的任何其他道德故事，都并不为过。"

---

① 本韦努托·切利尼（Benvenuto Cellini, 1500—1571），意大利文艺复兴时期的金匠、画家、雕塑家、音乐家和战士。
② 卡萨诺瓦（Giacomo Girolamo Casanova, 1725—1798），意大利冒险家、作家。
③ 笛福（Daniel Defoe, 1660—1731），英国作家。
④ 博斯韦尔（James Boswell, 1740—1795），英国传记家、作家。
⑤ 卡莱尔（Thomas Carlyle, 1795—1881），英国哲学家、评论家、作家。

西里尔：好家伙！

维维安：我向你保证，事情就是这样，而且整个事情最诙谐之处在于，樱桃树的故事完全是编造出来的。但是你千万不要认为，我对美国或是我们自己国家的艺术前景感到失望。听听这个——

"毫无疑问，在本世纪即将结束之前将会出现一些变化。那些既缺乏夸大其词的才智，也没有虚构天赋的人们，他们乏味又说教的谈话令人烦闷，而那些总是凭借记忆来怀旧的聪明人也让人厌倦，他们的陈述总是受到可能性的限制，而且随时能得到恰好在场的最微不足道的市侩之徒的支持。因此，社会迟早会寻回它失去的领袖——那富有修养又迷人的谎言家。他未曾出去参加过原始狩猎，就敢在日落时分告诉疑惑的穴居人，他是如何将大懒兽从碧玉洞穴的紫色黑暗中拖出来的，或者他是如何单枪匹马杀死猛犸象，并带回它镀金的象牙的。我们不能确定他是谁，我们现代的人类学家尽管有他们自吹自擂的科学，却也没有一个人有哪怕寻常的勇气来告诉我们。不管他叫什么名字或是什么种族，他无疑是真正的社交开创者。因为谎言家的意图不过是要施展魅力，令人愉悦，给予欢欣。他是文明社会真正的根基，如果没有他，即便是在伟人豪宅中举办的晚宴,也会像皇家学会的演讲,或是作家协会的辩论,或是伯南德[①]先生的一出滑稽喜剧那样乏味。

"他也不会只受到社会的欢迎。艺术,从现实主义的牢笼中挣脱出来,将飞奔去迎接他,亲吻他那虚假而美丽的双唇,因为她知道,只有他一个人拥有她所有表现形式的重要秘诀,这个秘诀就是,真实完全而且绝对只关乎风格;而生活——可怜的、具有可能性的、无趣的人类生活——厌倦了为赫伯特·斯宾塞[②]先生、为细致严谨的历史学家以及普通的统计学编著者的利益而重复自己,生活也将温顺地跟随他,尝试以自己简洁质朴的方式,再现一些他提及的奇迹。

"毫无疑问,总会有评论家,像《星期六评论》的某位作家一样,他们会严厉谴责童话讲述者在自然史知识方面的欠缺,他们会用自己那丝毫没有想象天赋的能力来衡量富有想象力的作品。如果有某位诚实的绅士,他从没有到过比自家花园里的紫杉树更远的地方,却像约翰·曼德维尔爵士[③]那样,写出了一部引人入胜的游记,或像伟大

[①] 伯南德(Francis Cowley Burnand,1836—1917),英国戏剧家。
[②] 赫伯特·斯宾塞(Herbert Spencer,1820—1903),英国哲学家、社会学家。
[③] 约翰·曼德维尔爵士(Sir John Mandeville),英国作家,著有《约翰·曼德维尔爵士航海及旅行记》,是根据马可·波罗和鲁不鲁乞的游记幻想创作而得。

的雷利①一样,在不知道任何关于过去的情况下,撰写了一整部世界历史,那些评论家定会惊恐地举起他们沾了墨迹的手来批驳他。为了给自己找借口,他们极力躲到某人的盾牌下,那个人造就了魔术师普洛斯彼罗②,并令凯列班和爱丽儿做其仆人,他听到特里同③在魔岛珊瑚暗礁的周围吹响号角,他听到仙女们在雅典附近的树林中互相歌唱,他引领在昏暗队列中的幽灵国王,穿过迷雾笼罩的苏格兰荒野,他将赫卡特④和命运女神藏于山洞中。他们会呼唤莎士比亚——他们总是这样做——并且引用那个艺术反映生活的老套段落⑤,但却忘记了那句不幸的格言正是哈姆雷特故意说的,为说服旁人相信他在艺术问题上已经完全癫狂。"

西里尔: 嗯哼!请再来一支烟。

维维安: 老朋友,不管你说什么,那仅仅是一句台词。正如伊阿古⑥的言语不能代表莎士比亚真正的道德观

---

① 雷利(Walter Raleigh, 1554—1618),英国诗人、探险家,著有《世界史》。
② 普洛斯彼罗(Prospero)及后文的凯列班(Caliban)、爱丽儿(Ariel),均为莎士比亚戏剧《暴风雨》中的人物。
③ 特里同(Triton),古希腊神话中海之信使,海王波塞冬和海后安菲特里忒的儿子。
④ 赫卡特(Hecate),希腊神话中掌领巫术的女神。
⑤ 指《哈姆雷特》中王子对演员说的话,大意为戏剧的目的是反映自然,显示善恶的本来面目。
⑥ 伊阿古(Iago),莎士比亚戏剧《奥赛罗》中的反面人物。

一样，它也同样不能代表莎士比亚真正的艺术观。还是让我念到这段的结尾吧：

"艺术在她的内部发现自身的完美，而非外部。她不应以任何相似性的外在标准来评判。她是面纱，而不是镜子。她有任何森林都不曾知晓的鲜花，有任何树林都不曾拥有的鸟类。她缔造、毁灭了无数世界，她能用一根深红色的线将空中的月亮拽下。她的形式是'比活生生的人更真实的形式'，她的原型是伟大的原型，那些真实存在的事物都只是其未完成的复制品。在她看来，自然没有法则，没有一致性。她可以随心所欲地创造奇迹，当她向深渊召唤怪物时，它们闻声而来。她可以吩咐杏树在冬季开花，可以让大雪覆盖在成熟的麦田上。她一声令下，霜冻可以将它银色的手指放在六月燃烧的嘴上，带有羽翼的狮子可以从吕底亚的山洞中爬出来。在她路过时，森林女神们会从灌木丛中偷偷窥视，棕色皮肤的农牧神也会在她走近时冲着她诡异地微笑。她有鹰面神灵敬仰她，有半人马驰骋在身侧。"

西里尔：我喜欢。我能看到那景象，这就是结尾了吗？

维维安：不。还有一段，不过那是绝对实用的一段。那段只是提出了一些方法，让我们用来复苏这失去了的谎言艺术。

西里尔：嗯，在你读给我听之前，我想问你一个问题。你提到生活，"可怜的、具有可能性的、无趣的人类生活"试图再现艺术的奇迹，这是什么意思？我完全能够理解你反对将艺术当作一面镜子。你认为这会把天才降低到一面破镜子的地位。但你不是要说，你真的相信生活是模仿艺术的，相信生活实际上就是一面镜子，而艺术却是现实吧？

维维安：我就是这个意思。尽管这看起来可能有些似是而非，似是而非总是危险的，但生活模仿艺术远甚于艺术模仿生活，这么说是没有错的。在我们这个时代的英国，人们总能看到，两位富有想象力的画家创造并强调的某种奇妙又迷人的美是怎样影响生活的，以至每当人们去参观一个画作预展或到艺术沙龙去时，都能看到，这里有罗塞蒂[①]梦中神秘的眼睛、长长的象牙色咽喉、奇特的方形下巴和他极为钟爱的蓬松又朦胧的头发，那里有《金梯》[②]中的甜美少女，有《礼赞维纳斯》[③]中花朵般的嘴和

[①] 罗塞蒂（Dante Gabriel Rossetti, 1828—1882），英国画家，拉斐尔前派重要代表人物之一。
[②]《金梯》（*The Golden Stair*），英国画家伯恩-琼斯的画作。
[③]《礼赞维纳斯》（*Laus Veneris*，又名 *Laus Amoris*），英国画家伯恩-琼斯的画作。

带着一丝倦怠的动人,有安德洛墨达[①]因激情而变得苍白的脸,还有《梅林的诱惑》[②]中薇薇安纤细的手和轻盈的美。一直都是这样。杰出的艺术家创造了一种典型,生活就试图去复制它,以一种受欢迎的形式再度构建它,就像个有进取心的出版商那样。霍尔拜因和凡·戴克[③]在英国都没有找到他们曾给予我们的东西。他们带来了自己的典型风格,而生活则以其敏锐的模仿能力,为大师提供了原型。希腊人凭借他们灵敏的艺术直觉明白了这点,他们在新娘的房内摆放赫尔墨斯[④]或者阿波罗[⑤]的雕像,使她诞下的孩子与她在狂喜或悲痛中所看到的艺术品同样可爱。他们知道,生活不仅仅从艺术中汲取灵性、思想和感受的深度以及灵魂的烦扰或安宁,而且能够以艺术的线条和色彩勾勒她自己,重现菲狄亚斯[⑥]的尊贵以及普拉克西特列斯[⑦]的优雅。因此,他们反对现实主义。他们纯

[①] 安德洛墨达(Andromeda),希腊神话人物,埃塞俄比亚公主。
[②]《梅林的诱惑》(*Merlin's Dream*),英国画家伯恩-琼斯的画作。
[③] 凡·戴克(Anthony Van Dyck,1599—1641),佛兰德斯画家,晚年任英国宫廷画家。
[④] 赫尔墨斯(Hermes),希腊神话人物,十二主神之一,宙斯与迈亚的儿子。
[⑤] 阿波罗(Apollo),希腊神话中的光明、预言、音乐和医药之神。
[⑥] 菲狄亚斯(Pheidias,约前490—前430),古希腊雕刻家。
[⑦] 普拉克西特列斯(Praxiteles,生平不详),古希腊雕刻家。

粹出于社会的原因不喜欢它。他们认为它不可避免地让人们丑恶，他们完全正确。我们试图通过清新的空气、自由的阳光、健康的水源去改善人类的环境，用丑陋却最实用的建筑来改进下层社会的居住条件。但是这些仅仅造就了健康，却没有造就美。为此，艺术是必需的，伟大艺术家真正的门徒并不是他画室里的模仿者，而是那些像他的艺术作品的人，无论是希腊时代的造型艺术，抑或现代的绘画艺术。简而言之，生活是艺术最好的学生，也是唯一的学生。

视觉艺术是这样，文学也是如此。这种情况以最显著最庸俗的形式体现出来——那些愚蠢的男孩在读了杰克·谢泼德①或者迪克·特平②的冒险经历后，就开始去抢夺不幸的卖苹果女人的小摊，在夜间闯入糖果店，还戴上黑面具，拿着卸下子弹的左轮手枪，从郊区小路半道上跳出来恐吓那些从城里回家的老绅士。这种有趣的现象总是发生在我刚才提及的两本书中有一本发行新版之后，通常将其归咎于文学在想象力上的影响。但这是一个错误。想象力本质上是富有创造性的，总在寻求一种新的形式。那

---

① 杰克·谢泼德（Jack Sheppard，1702—1724），英国的窃贼，越狱多次，后被绞死。
② 迪克·特平（Dick Turpin，1705—1739），英国著名强盗，后被绞死。

个窃贼男孩的所为只是因生活的模仿本能而产生的必然结果。他正是事实，就像通常情况下的事实那样，忙于尽力再现虚构，我们从他身上看到的东西，重复蔓延贯穿于整个生活中。叔本华曾分析过成为现代思想特征的悲观主义，但是，是哈姆雷特创造了它。世界因为一个傀儡曾经的愁云惨雾而变得忧伤。虚无主义者，那个没有信仰的奇怪的殉道者，毫无热忱地登上火刑柱，为他根本不信奉的东西而赴死，这是纯粹文学的产物。屠格涅夫创造了他，陀思妥耶夫斯基完善了他。罗伯斯庇尔出自卢梭的书页，就像人民宫在小说的碎片中崛起一样令人信服。文学总是先于生活，它不是模仿它，而是以自己的目的浇铸它。众所周知，十九世纪在很大程度上是巴尔扎克的创造物。我们的吕西安·德·吕邦泼雷，我们的拉斯蒂涅以及德·马赛，最初都是在《人间喜剧》的舞台上露面的。我们仅仅借助脚注和不必要的补充来实现一位伟大小说家的奇思妙想和创作的幻象。我曾经问过一位与萨克雷熟识的女士，他笔下的蓓基·夏泼①是否曾经有过原型。她告诉我，蓓基是一个创作，但这个角色有部分启发源自一个家庭女教

---

① 蓓基·夏泼（Becky Sharp），英国小说家萨克雷的作品《名利场》中的人物。

师，她住在肯辛顿广场附近，是一位非常自私又富有的老太太的陪护。我问起女教师的情况，她回答，说来也怪，在《名利场》出版几年以后，她和她陪伴的那位女士的侄子远走高飞了，当时一度在社会上引起极大的轰动，这完全是罗登·克劳莱[①]夫人的风格，整个就是罗登·克劳莱夫人的伎俩。最终她仍以失败告终，销声匿迹去了欧洲大陆，偶尔会在蒙特卡洛和其他的赌博场所被撞见。还是同样那位伟大的感伤主义者，他以某位高贵的绅士为原型塑造了纽科姆上校，在《纽科姆一家》第四版发行后的几个月，这位绅士去世了，嘴里还念叨着"Adsum"[②]。在史蒂文森先生发表了他那部关于变形的奇特心理小说后不久，我的一位好友海德先生，在伦敦的北边，由于急着要去火车站，选择走了一条自认为正确的捷径，结果迷了路，发现自己身处一条肮脏、看起来险恶的街头小巷中。他感到非常紧张，开始疾步如飞，这时突然从拱道里蹿出来一个孩子，正巧跑到他两腿间。孩子摔倒在人行道上，绊到了他，他又踩到了孩子。那孩子自然是受到极大的惊吓，还受了一些伤，便开始尖叫，几秒钟后，整条街上都是粗鲁

[①] 罗登·克劳莱（Mrs. Rawdon Crawley），即上文提到的蓓基·夏泼。
[②] Adsum，拉丁文，"在场"的意思，这里指军队点名时的回答。

的人们，他们像蚂蚁一样从房子里蜂拥而出。他们围住他，问他的名字。他正要告诉他们时，突然想起史蒂文森先生那个故事开头发生的事情。他亲身经历了那可怕又写得极为逼真的一幕，意外地做了小说中海德先生所做的事情，尽管事实上书中是海德先生蓄意所为，为此，他惊恐万状，以至于尽其可能地逃跑了。然而，他被紧紧地跟着，最后躲进了一家恰好敞开着门的诊室，他向一个在那里工作的年轻助手如实地解释了发生的一切。在出了一小笔钱之后，那些人道主义者在劝说下散开了，一等到外面风平浪静，他就走了。就在他走出去时，诊室铜门牌上的名字引起了他的注意，那上面写着"杰科"[1]。至少，它应该是那样。

就这个情况来说，这样的模仿当然是偶然的。但在下面这个例子中，模仿则是自觉的。1879年，我刚离开牛津，就在某位外交大臣家的宴会上遇到了一位少见的颇有异国情调的美女。我们成了知己，经常在一起。然而她身上最有趣的地方不是她的美丽，而是性格，她完全含混费解的性格。她似乎一点个性都没有，有的只是各种类型的

---

[1] 即上文提到的史蒂文森所作的《化身博士》中的人物。

可能性。有时她会全身心地投入艺术，将她的客厅变为画室，每周在画廊或博物馆待上两三天。接着她又开始去参加赛马会，穿上最地道的马服，除了谈论投注外什么都不提。她为了催眠术放弃了宗教，为了政治放弃了催眠术，为了慈善事业戏剧性的刺激又放弃了政治。事实上，她就是个普罗透斯①，她所有转变的失败，就像奥德修斯②抓住那奇妙的海神时一样。有一天，某本法国杂志开启了新连载。那时候我经常读连载小说，当看到关于女主人公的描述时，我对自己当时的那种震惊仍然记忆犹新。她和我那位朋友太相像了，我把杂志带给她看，她瞬间就认出了自己，似乎还对这种相似之处非常着迷。顺便提一句，我应该告诉你，那个故事是从某位逝世的俄国作家那里翻译而来，因此那位作家并没有从我朋友那里借鉴原型。好吧，简单地说，几个月后我在威尼斯旅馆的阅览室里找到了这本杂志，我随手拿起，想看看女主人公后来怎么样了。那是个非常令人感慨的故事，因为女孩最后和一个男人私奔了，那人远远不及她，不仅在社会地位上，而且在性格和

---

① 普罗透斯（Proteus），希腊神话中的早期海神，有预知未来的能力，经常变化外形使人无法捉到他。
② 奥德修斯（Odysseus），古希腊神话中的英雄。

智慧上都是如此。那天晚上，我给那位朋友写信，谈了对乔凡尼·贝里尼①的看法，谈了佛罗里安咖啡店绝妙的冰品以及贡多拉船的艺术价值，最后我对她故事中的"分身"极为愚蠢的表现附上了几笔。我不知道为何要加那段，但却记得总有一丝担忧缠绕着我，怕她也会做同样的事。然而在信件送达给她之前，她就和一个男人私奔了，这个男人在六个月后抛弃了她。1884年我在巴黎见到她，当时她和母亲住在一起，我问她这个故事是否和她的行为有任何关系。她告诉我，她有一种绝不可抗拒的冲动，想追随女主人公一步一步地走上那奇特而致命的历程，她怀着一种真正的恐惧感，期待着故事的最后几章。当结局发表时，她似乎是被迫在生活中重现它们，她也确实这样做了。这是我所说的这种模仿本能最明显的例子，也是一个极其悲惨的例子。

不过，我不想再继续谈论个别的例子了。个人经历是最恶毒、最狭隘的圈界。我所想要指出的只是一个普遍的规则，即生活对艺术的模仿要远远超出艺术对生活的模仿，我确信如果你认真思考一下的话，也会发现这

---

① 乔凡尼·贝里尼（Giovann Bellini，约1430—1516），意大利威尼斯画派画家。

真的。生活是艺术的写照，要么再现画家或雕塑家想象出来的某种奇特的类型，要么在现实中实现小说中的遐想。科学地说，生活的基础——亚里士多德称之为"生活的活力"——仅仅是对表达的渴求，而艺术总是呈现出各种形式，通过这些形式实现表达。生活夺取了它们并加以利用，尽管它们对她自身而言是一种伤害。年轻的人们自杀，因为罗拉①这样做过，他们死于自己之手，因为维特也死于自己之手。想想我们从模仿基督中得到了什么，我们从模仿恺撒中又得到了什么。

西里尔：这无疑是一个非常奇特的论说，但要使它变得完整，你必须要说明自然不亚于生活，也是一种对艺术的模仿。你准备好证明这点了吗？

维维安：我亲爱的朋友，我准备好了证明任何问题。

西里尔：那么自然是跟随风景画家，并从他那里获得自己的风景的？

维维安：当然。如果不是印象派画家的话，我们能从哪里看到那些美妙的棕色薄雾？它们沿着街道弥散开来，把煤气灯弄得影影绰绰，把房子变成巨大的影子。如果不

---

① 罗拉（Rolla），法国浪漫主义诗人、小说家阿尔弗雷德·德·缪塞（Alfred de Musset）的长诗《罗拉》中的主人公。

是他们和他们的大师①，我们能从谁那儿看到笼罩在河流之上的可爱银雾？它们以朦胧的方式赋予弯弯的桥梁和摇曳的驳船消失中的优美。而在过去十年中，伦敦的气候发生了异乎寻常的变化，这完全是由于这种特别的艺术流派。你笑了。从科学或形而上学的角度来考虑这件事，你会发现我是对的。所以，什么是自然呢？自然不是生养我们的伟大母亲，她是我们的创造物。正是在我们的头脑中，她变得鲜活起来。事情的存在是因为我们看到了它们，而我们看见了什么，以及我们怎么看，这取决于影响我们的艺术。看见一件事和看得见一件事是大不相同的。人们是看不见任何事物的，直到他们看得见它的美的时候，然后，只有在那时，这事物方才存在。现在，人们看得见雾，不是因为有雾，而是由于诗人们和画家们教会了他们欣赏这景象的神秘与动人之处。伦敦的雾可能已经有好几个世纪了，我敢说有，但是没有人看得见，因而我们对它们毫无所感。在艺术创造它们之前，它们并不存在。而现在，必须承认，雾已经过多了。它们现在只是一个派别的矫饰主义风格，它们表现手法上那夸张的现实主义给枯燥的人们

---

① 指法国印象派画家莫奈。

带来了支气管炎。有修养的人们从中获得的是印象效果，而没有修养的人只获得了感冒。因此，让我们仁慈一些，邀请艺术将她美妙的目光转向别处。确实，她也已经这样做了。人们现在在法国看到的那白色颤动的阳光，带着稀奇的浅紫色斑点和躁动的紫罗兰色阴影，正是艺术最新的幻想，总的来说，自然将她再现得令人非常钦佩。在她曾经给予我们柯罗们和杜比尼①们的地方，她现在给予我们精美的莫奈们和迷人的毕沙罗②们。诚然，自然变得绝对现代化的时刻是有的，虽然实话说很罕见，但仍然能不时地被留意到。当然，她并不总是可以依靠的。事实上，她正处于这种不幸的境地。艺术创造了一种无与伦比的独特效果，她这样做之后，又将视角转向了其他事物。另一方面，自然忘记了模仿可以是最真诚的侮辱形式，仍不知疲倦地重现这种效果，直到所有人都对之倍感厌烦。举例来说，在任何真正的文化中，如今没有人会再谈论日落之美。日落相当过时了，它们属于那个时代，以透纳③为最后音符的那个艺术时代。赞赏它们是一种乡土气质的鲜明

---

① 杜比尼（Charles-François Daubigny，1817—1878），法国画家。
② 毕沙罗（Camille Pissarro，1830—1903），法国印象派画家。
③ 透纳（Joseph Mallord William Turner，1775—1851），英国画家，善于描绘光与空气的微妙关系。

标志。而另一方面，它们仍在继续着。昨晚，阿伦德尔太太坚持要我到窗前去看那片她所谓的壮丽的天空。当然，我不得不去看一下。她就是那种荒唐又漂亮的俗人，人们总是无法拒绝他们。那我看到了什么呢？只不过是极为二流的透纳，是一个低潮时期的透纳，夸张和过分强调了所有画家最糟糕的缺点。当然，我很愿意承认，生活也经常犯同样的错误。她创造了她虚假的勒内[①]们和伏脱冷[②]们，就像自然在这天给我们一个可疑的谷波[③]，在那天又给我们一个更加可疑的卢梭[④]一样。不过，当自然做这种事时，她让人们更为恼怒。这些事看起来如此愚蠢、如此显而易见、如此不必要。一个虚假的伏脱冷或许还能令人愉快，一个可疑的谷波就让人难以忍受了。然而，我不想对自然过于苛刻。我希望英吉利海峡，尤其是黑斯廷斯那段，不要看着总跟亨利·摩尔[⑤]的画那么相像，黄色灯火下的灰白珍珠。但是当艺术变得更加多样化时，自然也将毫无疑问地变得更加多样化。我想即使自然最大的对手，现在也

[①] 法国作家夏多布里昂作品中的人物。
[②] 巴尔扎克多部作品中的人物。
[③] 谷波（Aelbert Cuyp，1620—1691），荷兰风景画家。
[④] 卢梭（Théodore Rousseau，1812—1867），法国风景画家，巴比松画派领导者。
[⑤] 亨利·摩尔（Henry Moore，1831—1895），英国画家。

不会否认她在模仿艺术。正是这点,使她和文明人保持着联系。那么,我对自己理论的论证是否让你满意了呢?

西里尔:你对你理论的论证让我不满,不过这倒更好。但是,即便承认这种生活与自然的奇怪模仿本能,想必你也会承认,艺术表达了它所处时代的性情、时代的精神,以及围绕着它的道德和社会环境,艺术是在这些影响下产生的。

维维安:当然不是!艺术从来不表达任何东西,除了她自身。这是我的新美学的主旨,正是这一点,比佩特[①]先生深谙的——形式与实质间必不可少的联系更为重要,这使音乐成为所有艺术类型的基础。诚然,民族和个人都拥有健康、天然的虚荣心,这是存在的秘诀。他们总有一种印象,认为缪斯在谈论他们,总试图想象,在艺术那安然的高贵中找到一些他们自己污浊激情的映照,总是忘记生活的歌唱家不是阿波罗,而是玛息阿[②]。远离现实,将目光从洞穴的影子上转开,艺术展示了她自身的完美,惊讶的人们注视着这奇妙的多瓣玫瑰的绽放,他们幻想着,正

[①] 佩特(Walter Horatio Pater, 1839—1894),英国作家、批评家,提出"为艺术而艺术"的美学主张。
[②] 玛息阿(Marsyas),希腊神话中的山林之神,会吹短笛。

在讲述的是他们自己的历史，正以一种新的形式寻求表达的，是他们自己的精神。但事情并非如此。最高的艺术拒绝人类精神的负担，她从一种新的媒介或新的材料中获取到的，要比从任何艺术热忱、任何崇高的激情或任何人类意识的伟大苏醒中获得的都要多。她完全按照自己的方式发展。她不是任何时代的象征，时代才是她的象征。

甚至那些认为艺术代表了时间、地点和人类的人们也不得不承认，一门艺术的模仿性越多，它对我们时代精神的代表性就越弱。罗马皇帝们凶恶的面孔从肮脏的斑岩和斑驳的碧玉中注视着我们，当时的现实主义艺术家们很乐于使用那些石头，我们幻想，在那冷酷的嘴唇和充满肉欲的下颌中，能够发现罗马帝国毁灭的秘密。但并不是这样的。提比略①的罪行无法摧毁那至高无上的文明，正如安东尼们②的贤德也无法拯救它一样。它是因为其他原因，一些不那么让人感兴趣的原因而毁灭的。西斯廷的男女先知们也许确实能为某些人解释我们称之为文艺复兴的解放精神的新生，但是，荷兰艺术中那些醉酒的乡巴佬和喧闹

---

① 提比略（Tiberius，公元前42—公元37），罗马帝国第二位皇帝。
② 此处指罗马帝国五贤帝时代的两位皇帝安东尼·庇护（Antoninus Pius）及其养子马尔克·奥列里乌斯·安东尼（Marcus Aurelius Antoninus）。

的农民又告诉了我们什么伟大的荷兰精神呢？一门艺术越抽象，越理想化，它就越能向我们揭示它所处时代的秉性。如果我们希望通过一个民族的艺术来了解这个民族，那就让我们看看它的建筑或音乐吧。

西里尔：在这个问题上，我非常赞同你的看法。一个时代的精神可以在抽象的理想艺术中得到最好的诠释，因为精神本身就是抽象的、理想化的。另一方面，对于一个时代可见的一面，就是俗话所说的它的外表，我们当然必须借助模仿的艺术。

维维安：我不这么认为。毕竟，模仿艺术真正给予我们的，只不过是某些特定艺术家或某些艺术家流派的不同风格。当然，您想必不会认为，中世纪的人们与那些在中世纪彩色玻璃、中世纪石雕和木雕、中世纪金属制品、挂毯或装饰华美的手稿上的人物有任何相似之处。他们可能是长相非常普通的人，外表并没有什么奇异、非凡或怪诞之处。正如我们从艺术中所知道的，中世纪只是一种明确的风格形式，没有任何理由去解释，为什么这种风格的艺术家就不该产生在十九世纪。没有一个伟大的艺术家是以事物的本来面目去看待它的。如果他这样做了，他便不再是艺术家了。举一个我们今天的例子。我知道你很喜欢日本的事物。现在,你真的认为艺术中展现的日本人,现实中也真的存在吗?如果你真这么认为,那你根本就从未理解过日本艺术。那些日本人的形象是某些个别艺术家刻意的自我意识的创造。如果你把一幅北斋①或鱼屋北溪②或任何伟大的当地画家的画放在一位真正的日本绅士或女士旁边,你会发现他们之间没有丝毫相似之处。真正生活在日本的人和一般的英国人没有什么不同,也就是说,他们极其普通,没有什么奇怪或特别的地方。事实上,整个日本都是一种纯粹的创造。没有那样的国家,没有那样的人民。我们其中一位颇有魅力的画家近期去了菊花之乡③,怀揣着见识一下日本人的可笑期望。他所看到的、他有机会画的一切,只是几盏灯笼和几把扇子。他很难找到当地居民,他在道德斯维尔先生的画廊里举办的那令人愉快的展览正说明了这一切。他不知道,正如我所说的,日本人只是一种风格、一种优美的艺术幻想。所以,如果你想看到日本式的风情,你就不应该像个游客那样跑去东京。相反,你可以待在家里,沉浸在某位日本艺术家的作品中,

---

① 葛饰北斋(Katsushika Hokusai,1760—1849),日本江户时代的浮世绘画家。
② 鱼屋北溪(Toyota Hokkei,1780—1850),日本浮世绘画家。
③ the Land of the Chrysanthemum,指日本。

然后，当你感受到他们风格的精髓，并捕捉到他们富有想象的视觉形式时，你就可以在某个下午去公园里坐坐，或沿着皮卡迪利大街漫步闲逛。但如果你那时就看不到一种完全的日式风情，那你在哪里都是一样看不到的。或者，再回到过去，举一个古希腊人的例子。你认为希腊艺术曾告诉我们希腊人是什么样的吗？你相信雅典的女性就和帕特农神庙檐壁上那些高贵庄重的人物形象一样吗？或是和同一建筑里坐在三角形楣饰上的那些非凡的女神一样？如果你从艺术方面来判断，她们的确是这样的。但如果读一下权威的作品，比如阿里斯托芬[①]，你会发现，雅典的女性们紧束腰带，蹬着高跟鞋，她们将头发染黄，在脸上涂脂抹粉，简直和我们当下那些傻乎乎的时髦或堕落的人们一模一样。事实是，我们完全通过艺术回顾过往的那些时代，而幸运的是，艺术从未曾告诉过我们真相。

西里尔：但是英国画家们的现代肖像画是什么呢？它们想必总与它们自称所代表的人物非常相像了吧？

维维安：确实如此。它们和那些人如此相像，以至于一百年后没有人会再相信它们了。人们所相信的肖像画是

[①] 阿里斯托芬（Aristophaēs，约公元前448—前380），古希腊喜剧作家。

很少摆姿势,并且有艺术家大量创作痕迹的肖像画。霍尔拜因所描绘的他那个时代的男女给我们留下了一种极其真实的印象,但这仅仅是因为霍尔拜因强迫生活接受他的条件,将它束缚在他的限度之内,复制他的类型,并根据他的想法来呈现。正是风格让我们相信一件事——一切万物,唯风格岿然独存。我们大多数的现代肖像画家是注定要被全数湮没的。他们从未曾画过他们自己的所见,他们画公众的所见,而公众是从来看不见任何事物的。

西里尔: 好吧,这之后我想应该听听你文章的结尾。

维维安: 非常荣幸。我真的不敢说这是否会有什么益处。我们身处的可能是最枯燥最乏味的世纪。哎,甚至连睡眠也戏弄我们,它关闭牙门,敞开角门①。我们国家伟大的中产阶级的梦想,在迈尔斯②先生关于这个主题的两部巨著以及心灵研究协会学报中都有记载,那是我所读过的最令人沮丧的东西,甚至连一个精彩的噩梦都没有。它们普通、卑劣、冗长。至于教会,在一个国家的文化中存在着这样一群人,他们的职责是信仰超自然的事物,创造每

---

① 一种西方说法,从牙门(the gates of ivory)进入的是不应验的梦,从角门(the gates of horn)进入的是应验的梦。
② 迈尔斯(Frederic William Henry Myers,1843—1901),英国诗人、作家。

日的奇迹,并维持那想象力不可或缺的神话创作的能力,我想象不出还有什么比这种文化更好的东西了。但是在英国的教会中,一个人的成功并不是因为他信仰的能力,而是因为他不信的能力。我们的教会,是唯一的怀疑论者站在圣坛上的教会,是将圣托马斯[①]视为理想使徒的教会。许多可敬的牧师在令人钦佩的仁慈赈济事业中倾尽一生,在默默无闻中度过生死。但是这也足以让某些浅薄的、从随便哪所大学刚好合格出来的缺乏教养的人,登上讲坛发表他对于挪亚方舟、巴兰的驴、约拿与鲸鱼[②]的怀疑,伦敦一半的人蜂拥而至听他讲道,瞠目结舌、全神贯注地坐着,并对他非凡的才智敬佩有加。在英国教会中,常识的增长是一件令人非常遗憾的事情。那实际上是对低级形式现实主义的一种可耻的让步,它也是愚蠢的。它源于对心理学的全然不知。人可以相信不可能的事,但从不相信不大可能的事。不过,我应该给你念念我文章的结尾了——

"我们必须做的,不管怎样我们都有责任要做的,是复活谎言这一古老的艺术。当然,有一些可能已经做过

---

① 圣托马斯(St. Thomas),耶稣召选的十二门徒之一,又称"多疑的圣托马斯",因他对耶稣复活采取"非见不信"的态度。
② 挪亚方舟、巴兰的驴、约拿与鲸鱼均为《圣经》中的奇迹。

了,例如公众教育方面,由本地社交圈的外行们做的,或是在文学餐会、下午茶时做的。但这只不过是谎言轻巧优雅的一面,就像在克里特岛人的晚宴上可能会听到的那样。谎言还有许多其他的形式。为了获取一些直接的个人优势而说谎,例如——人们通常所说的'秉持道德意图的说谎'——尽管人们近来对它嗤之以鼻,但在古老的社会这却极受欢迎。当奥德修斯告诉雅典娜'他的狡黠之词'(正如威廉·莫里斯先生所说的那样)时,雅典娜笑了,谎言家的荣耀照亮了欧里庇得斯悲剧中那完美无缺的英雄苍白的额头,并将贺拉斯[①]最美妙颂歌中的年轻新娘置于过往时代的高贵妇女中。后来,最初仅仅是一种自然本能的东西被提升为一门自我意识的科学。为指导人类,制定下详尽的规则,一个重要的文学流派围绕这一主题应运而生。事实上,当我们回想起桑谢斯[②]关于整个问题的精妙哲学论述时,不禁感到遗憾,从没有人想过,要为那个伟大诡辩家的作品发行低价又精练的版本。一本简要的入门书——《何时以及如何说谎》,如果以一种吸引人的、不太昂贵的形式出现,无疑将有可观的销量,也将证明对许

[①] 贺拉斯(Quintus Horace Floccus,公元前65—前8),古罗马诗人。
[②] 桑谢斯(Francisco Sanchez,1551—1623),葡萄牙哲学家。

多热忱的、深思熟虑的人们而言，那是真正切实可行的才能。为年轻人的进步而说谎（这是家庭教育的基础），我们仍然保有着这个传统，它的优点在柏拉图的《理想国》前几卷中早有阐述，就没必要在这里赘述了。所有好母亲在以这种方式说谎时都有着异乎寻常的能力，但它仍然能更进一步，却可悲地被学校理事会拒之门外。为了月薪而在舰队街①说谎是众所周知的，这个写政治的头号作家的职业，也并不是没有这种优势。但据说这是一份有些枯燥的职业，除了一些矫饰的含糊其词外，它当然无所谓什么更多的意义了。谎言不会被责难的唯一形式，是为说谎而说谎，而其中最高层级的发展，正是我们已经指出的，在艺术中的谎言。就像那些爱真理更甚于爱柏拉图的人们无法超越学术的界限一样，那些爱真理更甚于爱美的人们，也永远无法触及艺术最深处的圣堂。那些沉稳的不动声色的英国知识分子躺在荒漠的沙子中，就像福楼拜奇妙故事中的斯芬克斯一样，幻想……幻想②……围绕着谎言起舞，并以她那虚假的长笛般的声音呼唤它。它现在也许听不到她的声音，但可以肯定的是，总有一天，当我们对现代小

---

① 舰队街（Fleet Street），英国伦敦市的著名街道，是英国媒体的代名词。
② 原文为法文。

说中的平庸人物感到深恶痛绝的时候,它将聆听她的声音,并试图借用她的双翼。

"当那日破晓或日落映红天际之时,我们都将多么快乐啊!事实,将被认为是可耻的,真相,将被发现正戴着镣铐在悲恸,而浪漫,将以她好奇的秉性重返这片土地。世界真正的面貌将在我们惊愕的目光中改变。巨兽和怪物会自海中升起,绕着高船尾的帆船浮游,就像它们在那个年代令人愉快的地图上所做的那样,那时的地理书还着实很有可读性。龙会在废墟之地盘旋,凤会从她的火巢中一飞冲天。我们会制服蛇怪,看看蟾蜍头上的宝石。半鹰半马的怪兽会矗立在我们的马厩上,大声咀嚼着金色燕麦,蓝鸟会在我们头顶上飞翔,歌唱美丽而不可能的事情,歌唱可爱而从未发生过的事情,歌唱不存在而应该存在的事情。但是在这成真之前,我们必须培养失去的谎言艺术。"

西里尔: 那么我们当然必须马上培养它。但是为了避免犯任何错误,我想让你简要地告诉我新美学的原理。

维维安: 简要地?好吧,是这样的,艺术从来不表达任何东西,除了它自身。它有独立的生命,就像思想一样,并且纯粹按照自己的思路发展。它在现实主义时代不一定是现实的,在信仰时代也不一定是精神的。它绝非时代的创造者,甚至通常直面时代对抗,它为我们保存的唯一历史正是它自身的发展史。有时,它会循着自己的足迹回到过往,重新唤醒一些古老的形式,就像晚期希腊艺术的复古运动以及我们现今的拉斐尔前派运动。也有时候,它完全先于它的时代,在这个世纪里创造的作品需要到另一个世纪才能收获理解、欣赏、享受。它在任何情况下都不会再现它所处的时代。从时代的艺术转向时代本身,这是所有历史学家犯下的严重错误。

第二条原理是这样的:所有糟糕的艺术都因其回归了生活和自然,并将它们上升为理想。生活和自然有时可能被用作艺术原始素材的一部分,但在它们真正服务于艺术之前,必须将其转化成为艺术的风格。一旦艺术放弃了它想象的形式,它就放弃了一切。作为一种方法,现实主义是完全失败的,每个艺术家都应该避免两件事,即形式的现代性和题材的现代性。对我们生活在十九世纪的人来说,除了我们自己的这个世纪,任何世纪都是合适的艺术主题。唯一美丽的事物是那些与我们无关的事物。很高兴能引用我自己的话说,"正因为赫卡柏对我们而言无关紧要,她的悲伤才是如此令人钦佩的悲剧主题"。此外,会变得过时的,只有现代的东西。左拉先生坐下来为我们展现了一幅第二帝国①的画像,但现在还有谁关注第二帝国呢?它已经过时了。生活比现实主义更快,但浪漫主义总处在生活的前方。

第三条原理是生活模仿艺术远甚于艺术模仿生活。这个结果并不仅仅源于生活的模仿本能,还源于一个事实,即生活的自觉目标是寻求表达,而艺术为它提供了某些优美的形式,借助这些形式,生活得以迸发它的活力。这是个之前从未提出过的理论,但它极其富有成效,并为艺术史增添了一束崭新的光芒。

由此,作为必然的结果,外在的自然也在模仿艺术。自然能向我们展示的唯一印象,是我们已经从诗歌或绘画中看到的印象。这是自然富有魅力的秘密,也是对自然缺憾的解释。

最后一点启示是,谎言——讲述美妙而不真实之物——正是艺术真正的目的。但关于这点,我想我讲的已经足够多了。现在让我们到露台去,那里"乳白色的孔雀像幽灵一样垂头丧气",而晚星会"以银色洗刷黄昏"。在

---

① 指左拉的小说《卢贡·马卡尔家族》,作品涉及了法兰西第二帝国和第三共和国时期的政治、经济、军事等各个方面。

暮色中，自然呈现一种绝佳的令人浮想联翩的景观，不无动人之处，尽管它主要的作用可能只是用来说明诗人的隽句。来吧！我们已经聊得够久了。

笔杆子、画笔和毒药
——一场探究
PEN, PENCIL AND POISON: A STUDY

艺术家和文人们缺乏整体和完整的天性这点，一直以来都颇受人们指摘。一般说来，这必然如此。高度专注的想象和强烈的意图是艺术家气质的特征，而这本身就是一种限制。对于那些讲求形式之美的人来说，其他一切看来都不那么重要。然而，这项规则仍有许多例外之处。鲁本斯[①]出任过大使，歌德担当过国务参议员，弥尔顿[②]曾是克伦威尔的拉丁文秘书，索福克勒斯[③]在自己的城市中担任过市政公职。现代美国的幽默作家、散文家和小说家们似乎都想成为自己国家的外交人员，除此以外别无他求。而查尔斯·兰姆[④]的朋友托马斯·格里菲斯·温莱特——我

[①] 彼得·保罗·鲁本斯（Peter Paul Rubens，1577—1640），佛兰德斯画家，是巴洛克画派早期的代表人物。
[②] 约翰·弥尔顿（John Milton，1608—1674），英国诗人、政论家、民主斗士。
[③] 索福克勒斯（Sophoclēs，约公元前496—前406），古希腊悲剧作家。
[④] 查尔斯·兰姆（Charles Lamb，1775—1834），英国散文家。

们这则简略传记的主人公，虽说极具艺术气质，但却追随了众多艺术领域之外的大师。他不仅是诗人、画家、艺术评论家、古文物收藏家、散文家，是悦目娱心事物的业余爱好者，也是具有非凡才能的伪造者，作为一个狡诈而诡秘的投毒者，在当今甚至任何时代几乎都无人可敌。

这个非凡的人出生于1794年的奇斯威克，我们当今的一位伟大诗人贴切地形容他——精于"笔杆子、画笔和毒药"。他的父亲是格雷法学院[①]和哈顿花园一位杰出律师的儿子。他的母亲是著名的格里菲斯博士的女儿。格里菲斯博士是《每月评论》的编辑和创办人，是托马斯·戴维斯另一项文学投机买卖中的合伙人，约翰逊[②]曾评价戴维斯，说他不是一个书商，而是"一位经营书籍的绅士"。格里菲斯博士还是哥尔德斯密斯[③]和韦奇伍德[④]的朋友，是当时最负盛名的人物之一。他的母亲温莱特夫人在生他的时候不幸离世，年仅二十一岁，刊登在《绅士杂志》上的讣告告诉我们，她"性情和蔼，多才多艺"，另有些莫名其妙的补充，说"她被认为能够领会洛克先生和在世

[①] 格雷法学院（Gray's Inn），伦敦著名法律学院之一。
[②] 约翰逊（Samuel Johnson，1709—1784），英国作家、文学评论家、诗人。
[③] 哥尔德斯密斯（Oliver Goldsmith，约1730—1774），英国散文家、诗人、戏剧家。
[④] 韦奇伍德（Josiah Wedgwood，1730—1795），英国陶瓷工艺家。

的无关乎性别的任何作家的作品"。他的父亲在年轻妻子死后不久也过世了，这个年幼的孩子似乎是由外祖父抚养长大，1803年外祖父去世后，转而被他的舅舅乔治·爱德华·格里菲斯收养，这人最终被他毒害了。他的童年时代在位于特恩汉姆格林的林顿府邸度过，那是众多优雅的乔治时代宅邸中的一座，不幸在郊区建筑者入侵前就消失了。那可爱的花园和枝繁叶茂的庭院培养了他对自然朴实而炽烈的爱，这种爱在他的一生中从未湮灭，也使他的精神极易受到华兹华斯诗歌的浸染。他就读于哈默史密斯的查尔斯伯尼学院。伯尼[①]先生是音乐史学家的儿子，是这个颇有艺术才华的小伙的近亲，而他注定要成为其最非凡的学生。伯尼先生似乎是一个有着丰厚文化底蕴的人——多年后温莱特时常满怀敬仰之情地谈起他——是一位哲学家、考古学家以及令人钦佩的师者，他在重视才智教育的同时，也没有忘记早期道德培养的重要性。正是在伯尼先生的引导下，他开始迸发自己作为艺术家的天赋，哈兹利特先生告诉我们，他在学校使用过的一本画册至今尚存，那些画显露出他巨大的才能和天资。的确，绘画是令他着

---

① 查尔斯·伯尼（Charles Burney Jr., 1757—1817），古典学者、文学评论家，其父查尔斯·伯尼为音乐史学家。

迷的第一门艺术。直到多年之后，他才试图以笔杆子或毒药来寻求表达。

然而，在这之前，他似乎沉醉于自己的梦想，一心向往军旅生活的传奇色彩与骑士精神，因而成了一名年轻的近卫军士兵。但是，同伴们肆意放荡的生活与生来要成就其他事业的他那优雅的艺术气质格格不入。他很快就对军队厌倦了。"艺术"——在他热烈的真挚和奇异的热忱仍感动着许多人的文字中，他告诉我们，"艺术轻触了她的背叛者，在她纯洁而崇高的熏陶下，令人厌烦的雾霭得以拭除；我干涸、灼热、黯淡的感情，在凉爽中、在含苞怒放的花枝中、在朴素而美丽中得以恢复，变而质朴"。但艺术并不是导致这种转变的唯一原因。"华兹华斯的那些作品，"他继续说道，"对平息这场突如其来的转变而至的混乱旋涡大有裨益。我为它们流下了幸福而感激的泪水。"于是，他带着对简陋的兵营生活以及对粗俗的餐室闲聊的记忆离开了军队，重回林顿府邸，满怀对文化新生的热情。之后，一场重病一度将他压垮，用他自己的话说，他就像是"粉碎了的陶土罐"。他那虚弱的身体尽管对给别人带来的痛苦视若无睹，但自身却对痛苦极为敏感。他畏惧那毁坏、残害人类生命的苦难，他似乎徘徊穿梭于骇人的抑郁山谷中，在那山谷，众多伟大甚至杰出的灵魂都泥足深陷，无力自拔。但他毕竟还年轻——只有二十五岁——他很快便摆脱了自己所谓的"黑色死亡泥沼"，进入更广阔的人文主义文化空间。当他从几乎引领他穿过死亡之门的疾病中康复后，要将文学视为一门艺术的念头也油然而生。"我对约翰·伍德维尔[①]说，'那是神灵的生活，生活在那样的境况中'，去观察、去倾听、去写无畏的事物——"

> 这肆意尽兴的人生，
> 也无法扼杀终将至此的死亡。

从这段话中，我们不可能感觉不到，一个对文字有真正激情的人的心声。"去观察、去倾听、去写无畏的事物"，这是他的目标。

《伦敦杂志》的编辑斯科特为这个年轻人的天赋所震撼，或是受到他在每个认识他的人身上施展的奇特魅力的影响，邀请他撰写有关艺术主题的系列文章，在一连串

---

① 查尔斯·兰姆的戏剧诗作《约翰·伍德维尔》中的人物。

怪异的笔名下，他开始为那个时代的文学做贡献。杰纳斯·威瑟科克、埃戈梅特·邦莫特和范·文克沃斯是他的一些怪诞的假面，在这些假面之下，他或隐藏严肃，或展露轻浮。一副面具能告诉我们的远胜于一张真实的面孔，这些伪装也凸显了他的人格。令人难以置信的是，他似乎只用了极短的时间便一举成名。查尔斯·兰姆提及"友善、轻松的温莱特"时，说他的散文堪称"财富"。我们听说他在一个小型宴会上招待了麦克里迪[1]、约翰·福斯特[2]、麦金、塔尔福德、温特沃什·笛尔克男爵、诗人约翰·克莱尔[3]，还有些其他人。他决心效仿迪斯累利[4]，以一个花花公子的形象震惊当地，他漂亮的戒指、他的古董浮雕胸针和他那淡淡柠檬色的小山羊皮手套都是广为人知的，并且确实已被哈兹利特视为一种文学新作风的征兆：他那浓密的鬈发、漂亮的眼睛和精致白皙的双手给了他危险却又讨人喜欢的特质，使他显得与众不同。他身上有些许巴尔扎克笔下吕西安·德·吕邦泼雷的影子，有时他会让我们想起

---

[1] 麦克里迪（William Charles Macready，1793—1873），英国演员、经纪人。
[2] 约翰·福斯特（John Forster，1812—1876），英国作家、记者。
[3] 约翰·克莱尔（John Clare，1793—1864），英国19世纪浪漫主义时期诗人。
[4] 本杰明·迪斯累利（Benjamin Disraeli，1804—1881），犹太人，政治家、小说家，曾两度出任英国首相。

于连·索雷尔①。德·昆西②曾遇见过他一次,那是在查尔斯·兰姆家的晚宴上。"在满是文人的宾客中,坐着一个杀人犯。"他说道。他接着述说了那天他是如何身体不适,对在场一张张男男女女的脸不禁生厌,然而却发现自己饶有兴味地看着餐桌对面的那个年轻作家,在他装模作样的姿态下似乎隐藏着许多真情实感,他想,如果当时便得知那位兰姆推崇备至的客人已犯下如此可怕的罪行的话,他那时便会"油然而生出另一种兴趣"而转变心情了。

按斯温伯恩③先生的说法,他的终生事业可以理所当然地分为三个方面,在一定程度上应该承认,如果我们撇开他在毒药方面的成就不谈,那么他真正留给我们的东西很难与他的名声相称。

但是只有庸俗之人才会以作品为粗略标准来衡量一个人的性格。这个年轻的花花公子更想成为一个大人物,而不是实事求是地做点事。他意识到生活本身就是一种艺术,其风格模式并不少于试图表达它的艺术。他的作品也

---

① 于连·索雷尔(Julien Sorel),法国作家司汤达长篇小说《红与黑》的主人公。
② 德·昆西(Thomas De Quincey,1785—1859),英国散文家、批评家。
③ 阿尔加侬·查尔斯·斯温伯恩(Algernon Charles Swinburne,1837—1909),英国诗人、剧作家和文学评论家。

并不是索然无趣的。据说威廉·布莱克①曾驻足于皇家艺术学院中他的某幅绘画作品前,赞叹那"非常优美"。他的小品文预示了很多后来成为事实的东西。他似乎预见到了现代文化中的一些事件,而这些事件被许多人视为真正的本质。他写乔康达夫人②,写早期的法国诗人,写意大利的文艺复兴。他喜欢希腊宝石、波斯地毯、伊丽莎白时代的《丘比特和普赛克》译本、《寻爱绮梦》、书籍装帧和早期版本,以及宽边校样。他对优美环境所给予的价值极为敏感,不知疲倦地向我们描绘他所居住的或希望居住的房间。他对绿色有一种近乎奇特的偏爱,就个人而言,这种偏爱始终是微妙的艺术家气质的征兆;就国家而言,如果不是指他道德颓废的话,就被认为是放纵的象征。他和波德莱尔一样,极其喜欢猫;他和戈蒂耶③一样,都曾深深沉醉于我们依旧能在佛罗伦萨和卢浮宫见到的雌雄一体的"大理石怪兽"。

当然,在他的描述和对装饰风格的建议中,有很多

---

① 威廉·布莱克(William Blake,1757—1827),英国浪漫主义诗人、画家。
② 乔康达夫人(La Gioconda),指达·芬奇著名画作《蒙娜丽莎》中的女子,据说是富商乔康达的太太。
③ 泰奥菲尔·戈蒂耶(Théophile Gautier,1811—1872),法国唯美主义诗人、文学评论家和小说家。

东西表明,他并没有完全从那个时代的虚假品味中摆脱出来。但他显然是最早认识到美学折中主义真正要旨的人之一,我的意思是所有极为美好事物的真正融合,无关年代、地域、流派或风格。他认为,装饰房间不是要一个可以参观的房间,而更应是一个居住的所在,我们绝不要依照考古学来重建任何过去,也不需要徒增烦恼,没有必要为了追求历史的准确性进行任何的想象。他的这种艺术观念完全正确。所有美好的事物都属于同一个时代。

因此,正如他自己所描述的那样,在他的藏书室中,我们看见了精美的希腊陶土花瓶,上面绘有精致的人物画,一侧细巧地排列着淡淡的"ΚΑΛΟΣ[①]"字样,花瓶后面挂着版画,米开朗琪罗的《德耳菲女先知》,或是乔尔乔涅[②]的《田园合奏》[③]。还有一些佛罗伦萨的陶器和一盏来自某个古罗马墓冢的粗造的灯。桌上放着一本祈祷书,"装在镀了银的封套中,以古雅的手法制作而成,上面镶嵌着小小的钻石和红宝石",旁边紧紧地"蹲坐着一个小

---

① 希腊文,意为"美好"。
② 乔尔乔涅(Giorgione,1477—1510),意大利威尼斯画派画家。
③《田园合奏》(*Pastoral Concert*),对于该画的作者一直有所争议,一说为乔尔乔涅的最后一幅作品,一说为出自提香之手,一说为乔尔乔涅英年早逝后,提香接手完成。

小的丑陋怪物,可能是某位古罗马家神,从西西里阳光明媚的玉米地里挖出来的"。一些黑漆漆的古董青铜艺术品与"两尊闪耀着淡淡光泽的神圣的基督受难像形成了鲜明的对比,其中一尊以象牙雕琢而成,另一尊则以石蜡浇铸制成"。他有塔斯马尼亚的宝石托盘,有路易十四时期极为迷你的糖果盒,上面绘着珀蒂托的微型画,有他奉为至宝的"黄褐色金银丝细工茶壶",有枸橼色的摩洛哥山羊皮信盒以及嫩绿色的椅子。

人们可以想象,他就像一位真正的收藏大师、一个机智的鉴赏家一样,徜徉在那些书籍、摆件和版画中,翻阅着他收集的马·安东尼奥斯的藏品,还有透纳的《钻研之书》[1]——对此他是一个热情的敬仰者,他用放大镜仔细检查那些古董宝石和浮雕饰物,"双层缟玛瑙上的亚历山大头像"或那"在山茱萸上,极其华丽珍贵的浮雕像朱庇特·埃吉奥丘斯[2]"。他一直以来都是出色的业余版画爱好者,并在如何挑选这类收藏品的方式上提出了一些极为有用的建议。事实上,他在投入地欣赏现代艺术的同时,也从未忽视以往那些伟大杰作的复制品的重要性,他所有关

---

[1] 《钻研之书》(*Liber Studiorum*),透纳所作的铜版画系列作品。
[2] 朱庇特(Jupiter),罗马神话中统领神域和凡间的众神之王,罗马十二主神之首。

于石膏铸件价值的评述都令人相当钦佩。

作为一个艺术评论家,他主要关注一件艺术作品所带来的丰富印象。当然,美学评论的第一步便是能领悟到自己的印象。他不怎么在意有关美的本质的抽象讨论,虽然历史手法在之后结出了丰盛硕果,却也并不属于他那个时代。但他从未忽视过一个伟大的真相,那便是艺术首要的魅力是既非理性的亦非感性的,而纯粹在于艺术家的秉性。他不止一次地指出这种秉性,这种他称之为"品味"的东西,是在频繁地与优秀作品的接触中不知不觉地被引领和完善的,最终形成一种正确的识别力。当然,艺术中也有流行,正如同服饰中的流行一样,或许我们每个人都无法完全摆脱世俗和新奇事物的影响,他当然也不能。而且他坦率地承认道,要对当代作品进行公平的评价是件多么困难的事。但总的来说,他的品位不俗且可靠。在透纳和康斯太勃尔还没有像现在这般受重视时,他就已经对他们赞赏有加,并且认为卓越的风景艺术所需要的"不仅仅是简单的勤奋和准确的临摹"。对于克罗姆[①]的《诺维奇附近的荒野》,他评论说它展现了"在荒芜的氛围烘托下,

---

[①] 约翰·克罗姆(John Crome,1768—1821),英国画家。

对要素的微妙观察能为极显乏味的平面做出多大的贡献",对于那个年代流行的风景画类型,他表示那只是"简单的对山丘、山谷、树桩、灌木、水域、牧场、农舍和住宅的逐一列举;和描绘地形地貌没有差别,只是以绘图形式来呈现地图而已;而其中的彩虹、阵雨、薄雾、光晕、从云层中穿透而出的光束、风暴、星光,所有这些对真正的画家而言最珍贵的景象却都没有"。他对艺术中那些显而易见或司空见惯的东西极为反感,虽然他很乐于在晚宴上款待威尔基①,但他对这位戴维爵士的画作就像他对克雷布②先生的诗作一样甚少关心。他与那个时代的模仿和现实主义倾向毫无共鸣,他甚至坦率地表示,他对福赛利③极大的敬仰很大程度上是由于一个现象,即这个小瑞士人并不认为一个艺术家就应该只描绘自己的所见。他在画作中所寻求的品质是整体的构图、美好又高雅的线条、丰富浓郁的色彩以及想象的力量。另一方面,他也不是个教条主义者。"我认为,任何艺术作品,都只能以其自身所演绎的准则来评判——它是否与其本身想表达的协调一致才是重

---

① 戴维·威尔基(David Wilkie,1785—1841),苏格兰画家。
② 乔治·克雷布(George Crabbe,1754—1832),英国诗人、博物学家。
③ 福赛利(Henry Fuseli,1741—1825),出生在瑞士的英国画家。

中之重。"这是他最精彩的格言之一。兰西尔①和马丁②，斯托瑟德③和埃蒂④，在评论这些差异很大的画家时，他表示，用一句现在已经成为经典的话来说，他正在试图"发现蕴藏在其中的本质的东西"。

然而，正如我之前所指出的那样，他对同时代作品的批评从未令他感到过自在。他说："现今对我而言是近乎惬意的困惑，就像第一次阅读阿里奥斯托⑤那样……新鲜事物使我眼花缭乱。我必须通过时间的望远镜来观察它们。伊利亚⑥抱怨说，一首尚未定稿的诗作，其价值是难以预料的，'印刷，'他一语中的，'解决了这个问题。'长达五十年的润色对一幅画作也具备同样的作用。"他在谈及华多⑦、朗克雷⑧、鲁本斯、乔尔乔内、伦勃朗⑨、柯勒乔⑩、米开朗琪罗时更为快乐，他在写到有关希腊事物时则

---

① 埃德温·兰西尔（Edwin Landseer，1802—1873），英国学院派画家、雕塑家，擅长以感伤的动物为主题。
② 约翰·马丁（John Martin，1789—1854），英国画家。
③ 托马斯·斯托瑟德（Thomas Stothard，1755—1834），英国画家、雕刻家。
④ 威廉·埃蒂（William Etty，1787—1849），英国画家。
⑤ 阿里奥斯托（Ludovico Ariosto，1474—1533），意大利文艺复兴时期著名诗人。
⑥ 伊利亚：英国散文家查尔斯·兰姆的笔名。
⑦ 让-安托万·华多（Jean-Antoine Watteau，1684—1721），法国画家。
⑧ 尼古拉斯·朗克雷（Nicolas Lancret，1690—1743），法国画家。
⑨ 伦勃朗（Rembrandt Harmenszoon van Rijn，1606—1669），荷兰画家。
⑩ 柯勒乔（Antonio da Correggio，约1489或1494—1534），16世纪早期创新派画家。

是最高兴的。他对哥特式风格的感触甚微，但却始终极为珍视古典艺术和文艺复兴时期的艺术。他意识到，我们的英国流派在对希腊模式的研究中获益良多，而且总是不厌其烦地向年轻的学生指出那些蛰伏在希腊大理石雕像和希腊作品手法中的艺术可能性。德·昆西谈到他对伟大的意大利大师们的评价："在他们身上好似有一种诚挚的、天性敏锐的气质，他们为自己而表达，绝不仅仅是书本的复制者。"我们所能给予他的最高褒扬是，他试图将风格作为一种自觉的传统来复兴。然而他也知道没有大量的艺术讲座或艺术会议，抑或"推动精美艺术的计划"，这个目标很难达成。他非常明智，且抱持着汤恩比馆①的真正精神说，人们必须始终"将处于眼前的视为最好的模特"。

正像人们对画家所期望的那样，他在艺术批评方面的造诣常常是极其专业的。对于丁托列托②的那幅《圣乔治与龙》，他评论道：

> 以色列人的长袍，泛着暖暖的颇有光泽的普鲁士

---

① 汤恩比馆（Toynbee Hall），世界上第一个社区公社，号召知识青年志愿者为贫民服务。
② 丁托列托（Tintoretto，1518—1594），意大利威尼斯画派画家。

蓝，在朱红色披巾的映衬下，自暗淡的浅绿色背景中凸显而出，可以说，这两种饱满的色调，与紫色湖边的部分，以及圣徒身上略带蓝色的金属盔甲所形成的微微的基调，美妙地相互烘托。此外，在城堡周围天然树林靛蓝色阴影的衬托之下，也与画面前景处鲜艳的蔚蓝色衣物构成充分的平衡。

在其他地方，他博学多才地谈到"一幅精美的斯基亚沃内①，像绮丽多姿的郁金香花田，色调五彩纷呈"，谈到"罕见的出自莫罗尼②手笔的一幅神采奕奕的肖像画，以细腻著称"，还谈到另一幅画作就像沉溺于"一片肉红色的色浆"中。

但是，通常来说，他是从艺术整体的角度来看待自己对作品的印象，并且试图将这些印象转换为文字，尽可能地在文学上给予同等的想象力和精神效果。他是最早发扬乔治·特里威廉爵士③曾称之为十九世纪艺术文学的人之一，这种文学形式出现在罗斯金先生和布朗宁先生这两位

---

① 斯基亚沃内（Andrea Schiavone，约1512—1563），意大利画家。
② 乔凡尼·巴提斯塔·莫罗尼（Giovanni Battista Moroni，约1520—1578），意大利文艺复兴晚期画家。
③ 乔治·特里威廉爵士（Sir George Trevelyan，1838—1928），英国历史学家。

最佳倡导者的作品中。他对朗克雷《意大利餐会》的描述在某些方面非常迷人："一个多情又顽皮的黑发女孩，躺在雏菊盛开的草地上。"以下是他对伦勃朗的画作《十字架上的基督》的叙述，极具他的典型风格：

  黑暗——昏暗不详的黑暗——笼罩着整个场景：就在那受诅咒的木头上方，一场暴雨——"雨雪交加的风暴，浑浊的水"——仿佛穿透了一道在阴暗穹顶的可怕裂口，滂沱而下，散发着恐怖的幽灵般的微光，甚至比那触手可及的夜晚更为骇人。大地粗重而急促地喘息着，漆黑的十字架颤动着，风骤然落下——空气凝滞而污浊——他们脚下，有隆隆作响的声音在低语咆哮，一些可怜的人们开始飞奔着下山。马匹们嗅到了即将来临的恐惧，因惧怕而变得难以控制。这一刻迅即来临，几乎被他自身的重量撕碎，他因失血过多而昏厥，从他被划破的经脉中淌出的血流愈加细窄，他的鬓角和胸膛浸透了汗水，他黑色的舌头因滚烫的死亡的热度而灼烧焦干，耶稣喊道："我渴。"那致命的醋被举向了他。

  他的头垂了下去，神圣的尸体"在十字架上毫无知觉地悬吊着"。一片朱红色的火焰从空中直穿射下，随即消失；迦密①和黎巴嫩的岩石劈裂碎开；大海从沙滩上高高卷起翻滚的黑色海浪。大地裂开，墓穴抛却了于此长眠者。死去的和活着的人们被诡异地掺杂在一起，匆匆穿越圣城。全新的盛况在那里等待他们。圣殿的面纱——那坚不可摧的面纱——从头到脚被撕裂得支离破碎，那令人敬畏的藏有希伯来神迹的壁龛——至关重要的存放石板的约柜②和七枝大烛台——在神圣火焰的照耀下向被上帝遗弃的人们显现出来。

伦勃朗从未给这幅素描着色，他这样做完全正确。失去那令人迷惑的朦胧面纱，它的魅力便几乎不复存在，那层面纱提供了充裕的空间，能够让踌躇犹疑的想象得到思索。现在它就像是另一个世界的事物，一道黑暗的鸿沟横亘在我们之间。那并不是肉体所能感知的，我们唯有凭仗精神才得以接近它。

---

① 迦密：一座连绵的山脉，先知以利亚曾在此向巴力先知挑战。
② 约柜：古代以色列民族的圣物，是放置上帝与以色列人所立契约的圣柜。这份契约是指先知摩西在西奈山上从上帝耶和华那里得来的两块十诫石板。

作者告诉我们，这个段落是"在敬畏和崇敬中"书写而成，有很多可怕的东西，还有相当多极为恐怖，但其中并非没有某些粗略力量的形态，或者，不管怎样，某些粗俗言辞上的暴力，这是当今时代应该高度赞赏的品质，因为它正是这个时代的主要缺陷。不过，还是来看看这段他对朱里奥·罗马诺①的《刻法罗斯和普洛克里斯②》一画的描述吧，这会令人愉快一些：

> 在欣赏这幅画作之前，我们应该先读一读莫斯霍斯为善良的牧羊人比翁③所作的哀诗，或者，将对这幅画的研究当作读哀诗的准备。两者带给我们的印象几乎一致。高高的树丛和林间幽谷因罹难者喃喃低语；花朵自蓓蕾中呼出悲伤的气息；夜莺在陡峭的崖壁上哀鸣，燕子在蜿蜒不绝的山谷中悲啼；"萨堤尔④和农牧神也在黑暗的隐蔽下呻吟"；林中的泉水女神

---

① 朱里奥·罗马诺（Giulio Romano, 1499—1546），意大利画家。
② 刻法罗斯（Cephalus）是希腊神话中的英雄，他和普洛克里斯（Procris）是一对夫妻。后来刻法罗斯被曙光女神诱拐，并且生了三个儿子，可是他依然想念妻子，愤怒的女神因此对他施加了诅咒。之后，刻法罗斯在一次打猎中失手误杀了自己的妻子。
③ 比翁（Bion）和莫斯霍斯（Moschus）均为希腊田园诗人。
④ 萨堤尔（satyr），希腊神话中半人半羊的森林之神。

化成了泪水。绵羊和山羊们离开了它们的牧场,山岳女神们——她们"乐于攀爬一切最陡峭的岩壁上那最难以企及的顶峰"——从迎风的松木的歌声中匆匆而下;森林女神们从相会的树枝上弯下腰来,河流们以及"载满啜泣的溪流们"为苍白的普洛克里斯呜咽。

"以同一种声音注入远方的海洋。"

在满布麝香草的伊米托斯山上,金色的蜜蜂静默无声;黎明女神哀伤的爱之号角再也无法驱散伊米托斯山顶峰那寒冷的暮色。画中的前景是骄阳似火下一片绿草茸茸的河畔,断裂成了波浪般的凹凸起伏,可以说那是陆地上的浪花,由于许多绊脚的树根和树桩而变得更加坑坑坎坎,这些树根和树桩被斧子过早地砍倒,再次吐出淡绿色的嫩芽。这条河畔在枝叶葱茏得无法望见星空的树林右侧猛然间升高,在它的入口处坐着惊愕的塞萨利国王,他的双膝间卧着象牙般耀目的尸体,就在转瞬之前,她还用光洁的前额掠开粗糙的树枝,还用那令人羡慕却已被蜇伤的脚踩踏荆棘,如同踩踏花朵一般——现在,她变得无助而沉重,纹丝不动,唯有微风时而嘲弄似的撩起她浓密的头发。

惊诧的仙女们高声呼喊着从紧挨着的树干间蜂拥

向前——"穿着鹿皮马甲的萨堤尔,戴着常春藤花冠,走上前来;他们长角的脸上显露着怪异的怜悯"。

莱拉普斯[①]在下面趴着,它的喘息声预示着死亡疾步临近。在另一边的群像中,"低垂着双翅"的德行高尚的爱神举起了箭,指向一群正在靠近的森林中的人们、农牧神、公羊、山羊、萨堤尔以及萨堤尔的母亲们,母亲们用担忧的手将孩子们紧紧拢在一起,孩子们沿着左侧前景和岩壁之间凹陷的小径匆匆而来,溪流女神在最低的岩脊上,从瓮中倾倒出她悲泣的流水。在森林女神上方更远一些的地方,还有另一个女性出现在缠绕着藤蔓的、未经修剪的树丛的树干中,撕扯着她的头发。画面的中央是一片背阴的草地,沉入河口;更远处是"海流浩瀚之力",红润的曙光女神扑灭了星辰,快马加鞭地驱赶她那用海水冲刷过的坐骑,从海底升起去看她的情敌临死的痛苦。

如果这段描述再被精心改写一下,那将会大获赞誉。以绘画来构思散文诗的想法妙极了。当代许多最好的文学

---

① 莱拉普斯(Laelaps),希腊神话中的猎犬,据称能捉到世上所有的猎物,普洛克里斯是它的主人。

作品都源于同一个目的。在一个异常凶险而实际的年代，艺术借鉴的不是生活，而是彼此不同的艺术。

他的兴趣也异乎寻常地广博。举例来说，但凡与戏剧有关的一切事物，他总是尤为沉迷，并且坚决赞同在戏服和舞台布景上寻求考古学的精确是必要的。他的一篇小品文中提到，"在艺术中，任何值得去做的事就值得去做好"；他指出，一旦我们允许那些时间上的错误出现，那该在哪里划定界限将变得难以厘清。在文学中，他又像在某个著名场合的比孔斯菲尔德勋爵①一样，"站在天使的那一边"。他是最早欣赏济慈②和雪莱③的人之一，他称后者为"极为敏感而诗意的雪莱"。他对华兹华斯的钦佩是由衷而深邃的。他极为赏识威廉·布莱克。现存的《天真与经验之歌》④最出色的几册中有一册就是专为他而做的。他钟爱艾伦·查提尔⑤、龙沙⑥、伊丽莎白时期的剧作家、乔

---

① 比孔斯菲尔德勋爵（Lord Beaconsfield），即上文提过的曾两度出任英国首相的政治家、小说家本杰明·迪斯累利。
② 济慈（John Keats, 1795—1821），英国诗人、作家，浪漫派的主要成员。
③ 雪莱（Percy Bysshe Shelley, 1792—1822），英国作家、浪漫主义诗人。
④ 《天真与经验之歌》（Songs of Innocence and Experience），英国诗人威廉·布莱克的诗集，收录了他大部分的重要诗篇。
⑤ 艾伦·查提尔（Alain Chartier, 1385—1430），法国诗人、政论作家。
⑥ 龙沙（Pierre de Ronsard, 1524—1585），法国诗人。

叟①、查普曼②以及彼特拉克③。对他来说，所有艺术都是相通的。"我们的批评家，"他睿智地评论道，"似乎不太意识到诗歌和绘画最初萌芽的本质，也不太知道从一门艺术的严谨研究中获得的切实进展能够促进其他艺术相应的完善。"他在其他地方还提过，如果一个不欣赏米开朗琪罗的人谈及对弥尔顿的热爱，那他不是在欺骗自己，就是在欺骗聆听者。对于他在《伦敦杂志》的撰稿同僚们，他总是极为慷慨，称赞巴里·康沃尔④、艾伦·坎宁安⑤、哈兹里特⑥、埃尔顿和利·亨特⑦，毫无朋友间的嫉羡之意。他关于查尔斯·兰姆的一些小文的手法值得称赞，以名副其实的喜剧艺术的方式从他们的题材中借鉴了风格：

我还能说汝一些什么是大家不知道的呢？汝拥有孩提的快乐和成人的学识：一颗温柔的心，屡屡会

---

① 乔叟（Geoffrey Chaucer，约1343—1400），英国小说家、诗人。
② 乔治·查普曼（George Chapman，1560—1634），英国戏剧家、诗人。
③ 彼特拉克（Francesco Petrarca，1304—1374），意大利学者、诗人，文艺复兴时期第一个人文主义者，被誉为"文艺复兴之父"。
④ 巴里·康沃尔（Barry Cornwall，1787—1874），英国诗人。
⑤ 艾伦·坎宁安（Allan Cunningham，1784—1842），英国诗人。
⑥ 威廉·哈兹里特（William Hazlitt，1778—1830），英国散文家、评论家、画家。
⑦ 利·亨特（Leigh Hunt，1784—1859），英国作家。

热泪盈眶似的。他会多么机智地曲解你的意思,并且加入一些合乎情理又别出心裁的巧妙言辞。就像他钟爱的伊丽莎白时代的人们一样,他的言谈毫不矫揉造作,简洁精练到甚至有些晦涩费解。他的句子就像纯净的金粒一样,能够锤打成整张薄片。他对虚名少有怜悯,一如既往地对《天才的时尚》给予尖酸刻薄的评论。托马斯·布朗[①]爵士、伯顿[②]和老富勒[③]都是他的"知心密友"。他生性多情地与名声复杂却出众的女公爵调情;博蒙特和弗莱彻[④]鼎盛时期的喜剧诱使他浮现轻飘的梦。他会对这些事发表评论性的感触,就像一个备受启发的人一样,然而还是让他选择自己的目标为好;如果有人开始冒犯业已公认的宠儿,他很可能会插嘴,甚至以一种难以分辨是误解还是恶作剧的方式来添油加醋。有天晚上在 C 的家里,上面提到的那对戏剧搭档是一时的话题。X 先生称赞了一出

[①] 托马斯·布朗(Thomas Browne, 1605—1682),英国医师、作家、哲学家。
[②] 罗伯特·伯顿(Robert Burton, 1577—1640),英国牧师、作家。
[③] 托马斯·富勒(Thomas Fuller, 1608—1661),英国学者、布道师。
[④] 弗朗西斯·博蒙特(Francis Beaumont, 1584—1616)和约翰·弗莱彻(John Fletcher, 1579—1625)均为英国剧作家,两人密切合作,曾创作了许多传奇剧和喜剧。

悲剧激情而高傲的风格（我不知道是哪一出），但立即被伊利亚打断了，他告诉他："那没什么；抒情诗才是高尚的东西——抒情！"

他的文学生涯有一个方面很值得特别关注。可以说，他对现代新闻业的贡献与那个世纪早期的其他人物同样出色。他是亚洲散文的先驱，对形象化的绰号和华而不实的浮夸极为喜好。创建一种风格正是某个重要且备受推崇的舰队街头号作者流派最重要的成就之一，这种风格过于华丽以致掩盖了主题，而这个流派可以说正是杰纳斯·威瑟科克①开创的。他还发现，不断地重申很易使公众对他的个人魅力产生兴趣，在他纯粹日志式风格的文章中，这个不寻常的年轻人向世界讲述他的晚餐吃了什么，他在哪里买衣物，他喜欢什么样的酒，他的健康状态如何，就好像他在为我们这个时代的一些大众报刊写每周的随笔。这是他的作品中最不具意义的一面，但也是影响力最为显著的一面。当今时代，一个政论家正是以自己私生活不合法的细节来叨扰公众的人。

---

① 杰纳斯·威瑟科克（Janus Weathercock），上文提过的温莱特的笔名之一。

像大多数装模作样的人一样，他对自然极为热爱。"有三件事情我予以高度评价，"他在某处提过，"懒洋洋地坐在可以俯瞰壮丽景色的山丘上；当烈日直射周围时，待在茂密树叶的遮蔽下；享受独处，同时又能觉察到邻居的存在。乡村把这些都给了我。"他写下了在芳香的荆豆花和石南花旁闲荡时，反复吟诵着柯林斯[①]的《黄昏颂》，只是为了捕捉那个瞬间的美好特质；写下了将自己的脸沉溺于"被五月的露水沾润的潮湿的樱草花床中"；写下了他看着那呼吸清甜的黄牛"在暮色中缓步归家"，听着"遥远的羊铃发出叮当声"时的喜悦。"西洋樱草在冰冷的土地上散发着微弱的光芒，就像一幅乔尔乔内在深色橡木板上所作的孤独的画。"他的这段话揭示了他性情中的奇异特质，下面这个有其独特风格的段落也颇为赏心悦目：

> 矮小而柔嫩的草地上布满了延命菊——"我们城镇的人们称之为雏菊"——繁茂得就像夏日夜空的点点星辰。忙碌的秃鼻乌鸦，那刺耳的叫声从远处一片高高的昏暗的榆木林中飘来，不觉欢快悦耳，时而还

[①] 威廉·柯林斯（William Collins，1721—1759），英国诗人。

传来男孩驱散那些来吃新播种下种子的鸟群的惊吓声。天空湛蓝，那蓝色的淳厚是最深的群青色，平静的苍穹万里无云；只在地平线的边缘溢出一片光芒，那是雾气萦绕的温暖薄层，和它倚靠的是附近的村庄及其古老的石头垒起的教堂，在令人目眩的白光中凸显出来。这不由让我想起华兹华斯的《三月诗行》。

然而，我们不能忘记，正如我在这篇小传的开头所说，写下这些辞藻的这个有涵养的年轻人，这个对华兹华斯如此善感的年轻人，也是那个时代甚或任何时代最狡诈、最诡秘的投毒者之一。他没有告诉我们最初是如何对这项特异的罪行感兴趣的，而在日记中他仔细地记录了那可怕的实验和所采取的方式，但不幸的是，这本日记却遗失了。即使在后来的日子里，他依然对这件事缄默不语，而更愿意谈论《远足》和《基于眷爱之情的诗》[1]。不过毫无疑问，他使用的毒药是马钱子碱[2]。在一枚他引以为豪、用来炫耀象牙色细腻双手的造型精美的漂亮戒指中，曾藏

---

[1]《远足》(*The Excursion*)和《基于眷爱之情的诗》(*Poems founded on the Affections*)均为华兹华斯的作品。
[2] 马钱子碱：一种极毒的白色晶体碱，来自马钱子和相关植物，医学上作为中枢神经系统的兴奋剂使用。

着印度马钱子的晶体，他的一位传记作家告诉我们，这种毒药"几近无味，难以发现，还可以被无限稀释"。德·昆西说，他犯下的谋杀比已经审判所知晓的那些还要多。这是毫无疑问的，而其中有些值得一提。他的第一位受害者是他的叔叔托马斯·格里菲斯先生。他在1829年毒杀了他，以获得林顿府邸——那个他一贯极为中意的地方——的所有权。第二年8月，他毒死了他妻子的母亲亚伯克龙比夫人，接着的12月又毒害了他的妻妹——可爱的海伦·亚伯克龙比。他谋杀亚伯克龙比夫人的缘由无从查明，可能是一时的反复无常，或是为了激发内心一些可怕的控制欲，或许因为她怀疑了什么，抑或甚至没有任何原因。而海伦·亚伯克龙比的谋杀案则是他和妻子为了一笔约18000英镑的保险而实施的，那是他们为她在各个保险公司购买的人寿保险。具体情况如下。12月12日，他和妻儿从林顿府邸来到伦敦，暂住在瑞金特街的康顿特街12号。和他们一起的，还有海伦·亚伯克龙比和玛德琳·亚伯克龙比两姐妹。14日晚，他们一同去看戏剧，在那晚晚餐时，海伦病倒了。第二天，她病情加重，汉诺威广场的洛克医生被请来为她治疗。她活到20日，那天是周一，早上医生问诊后，温莱特夫妇给了她一些毒果冻，而后便出门散步了。当他们回来时，海伦·亚伯克龙比已经死了。她大约只有二十岁，是个有一头金发的高挑、优雅的女孩。有一幅她姐夫以红色白垩为她所作的、极为迷人的画至今尚存，那幅画揭示了作为一个艺术家，他的风格受到托马斯·劳伦斯爵士[①]极深的影响，而他一直以来都对这位画家的作品满怀钦佩之意。德·昆西说，温莱特太太事实上对这起谋杀并不知情。让我们希望她确实不知情吧。罪恶应是孤寂的，不应有同行者相伴。

保险公司对这个案件的真相有所怀疑，以虚假陈述和缺乏权益为技术理由拒绝支付保单，投毒者以异乎寻常的勇气在大法官法庭向帝国保险发起了诉讼，并且同意这项判决对所有案件都同样生效。然而，这场审讯五年间都没有进展，在某次分歧后，法庭最终作出了有利于保险公司的裁决。当时的法官是阿宾格勋爵。厄尔先生和威廉·福莱特爵士代表埃戈梅特·邦莫特[②]，首席检察官和弗雷德里克·波洛克爵士则代表另一方。遗憾的是，两场审判原告都未能出席。保险公司拒绝支付18000英镑，这使他陷入了最为困苦的经济窘境。实际上，就在谋杀海伦·亚伯

[①] 托马斯·劳伦斯（Thomas Lawrence，1769—1830），英国肖像画家。
[②] 埃戈梅特·邦莫特（Egomet Bonmot），上文提过的温莱特的笔名之一。

克龙比几个月后，他在伦敦街头就因负债而被捕，当时他正在为一个朋友的漂亮女儿倾情歌唱小夜曲。这个难题在当时解决了，但没过多久，他认为在与债主达成某些切实可行的约定之前，最好还是先出国暂避。因此，他去布洛涅探望刚才提及的那位年轻女士的父亲，他在那里诱使这位朋友向派力肯公司投保3000英镑的人寿保险。一经批准了必要手续，并开始履行协议，他就在某天晚餐后，两人同坐一起时，往他朋友的咖啡里放了一些马钱子碱的晶体。他自己这样做并没有获得任何金钱上的收益。他的动机仅仅是为了报复第一家拒绝为他的罪行进行赔付的保险公司。第二天，他的朋友在他面前去世了，他随即离开布洛涅，去布列塔尼最风景如画的地方进行了一次写生之旅，而且一度成为一位法国老绅士的宾客，那人在圣奥马尔拥有一栋漂亮的乡间别墅。在此之后，他搬到巴黎，在那里待了几年，有人说他过着奢华的生活，还有人提到他"鬼祟地在口袋里揣着毒药，令所有认识他的人都惶恐不安"。1837年，他偷偷回到英国。某种奇特的疯狂的魔力将他带了回来，他追随着一个他爱的女人一起回来了。

那是6月，他待在考文特花园的一家旅馆里。起居室在一层，他始终谨慎地放下窗帘以掩人耳目。十三年前，在收集马略尔卡陶器和马尔坎托尼奥①的精美藏品时，他曾在委托书上伪造了受托人的名字，从而得以继承一些母亲遗留下来的钱，他将这笔钱计入了婚姻财产契约。他清楚这项伪造罪已经被发现了，而回到英国便意味着危及生命。然而他还是回来了。难道这不令人诧异吗？据说那个女人非常漂亮，然而，她不爱他。

他后来被人发现仅仅是出于偶然。街上的一阵嘈杂声引起了他的注意，出于对现代生活怀有的艺术家的好奇心理，他拉开了一会儿窗帘。有人在外面大呼："那是温莱特，那个欺诈银行的伪造犯。"那人是福雷斯特，一个包街的警察②。

7月5日，他被带上了老贝利法庭。下面是刊登在《泰晤士报》上有关诉讼过程的报道：

> 在法官沃恩先生和巴伦·奥尔德森先生面前的是托马斯·格里菲斯·温莱特，42岁，有着绅士风度的外表，蓄着短须，被控伪造并对外使用一份涉及2259

---

① 此处原文为 Marc Antonios，提及的疑为马尔坎托尼奥·巴塞蒂（Marcantonio Bassetti, 1586—1630），意大利画家。
② the Bow Street runner，是伦敦第一批正式的警方势力，而这个称呼是大众给他们起的别称，但是作为习惯性称呼被当时的大众所流传。

英镑金额的委托书,意图诈骗英格兰银行。

在早晨的开庭期间,针对犯人有五项指控,当他在律师阿若宾先生面前被传讯时,他对所有控诉均予以否认。然而,在被带到法官面前时,他请求允许撤回先前的申辩,而后对其中两项不属于死刑性质的指控恳请认罪。

银行的律师陈诉称,仍有三项其他的指控,但银行并不希望发生流血事件,对于两项轻罪指控的认罪已记录在案,庭审结束时,法官宣判案犯将被终身流放。

他被带回新门监狱,准备送往殖民地。在他早期的文章里有个异想天开的段落,他幻想自己因为无法抵挡从大英博物馆偷窃一些马尔坎托尼奥,以集齐他的藏品的诱惑,"躺在霍斯门格监狱中,被宣判了死刑"。现在他所背负的判决,对于他这样具备文化素养的人而言无疑是一种死亡。他为此伤心地向朋友抱怨,并指出那笔钱实际上就是他自己的,是他母亲遗留给他的,有很多的理由,而且一些人也这么认为,而伪造罪,就像发生过的那样,是在十三年前犯下的,用他自己的话说,至少是可以减轻罪行的情节。人们本性中的一如既往是一个极其微妙而抽象的问题,而且英国法律无疑是以一种极端简单而粗放的方式来解决这个问题的。然而,这里也有一些引人关注的事实,这个令他吃尽苦头的沉重惩罚,还不是他所有罪行中最严重的,如果我们还记得他在现代新闻业中的那些散文所带来的灾难性影响的话。

当他在监狱时,狄更斯、麦克里迪、哈布洛特·布朗①曾碰巧看见了他。他们一直在造访伦敦的监狱,以寻求艺术的灵感。在新门监狱时,他们突然看见了温莱特。福斯特②告诉我们,他挑衅地凝视着他们,而麦克里迪却"震惊于认出了一个他几年前曾经熟识,还曾同桌进餐的人"。

其他人更为好奇,他的牢房有时就是一间时髦的客厅。许多文人来探望他们以前的文学同伴。但他已不再是查尔斯·兰姆钦佩的那个八面玲珑的雅努斯③了。他似乎变得相当愤世嫉俗。

一天下午,一个保险公司的代理人来拜访他,想着能因势利导地向他指出,犯罪终究还是一种投机行为,

---

① 哈布洛特·布朗(Hablot Browne, 1815—1882),英国插图画家。
② 指上文提过的约翰·福斯特,是狄更斯的朋友,曾为狄更斯作传。
③ 雅努斯(Janus),罗马人的门神,传说他有两副面孔,一个在前,一个在脑后,一副看着过去,一副看着未来。

而他反驳说:"先生,你们这些商业人士着手投机买卖,也要承担其风险。有些投机成功了,有些则失败了。而我的投机碰巧失败了,你们的碰巧成功了而已。先生,这就是我和我的这位来访者之间唯一的区别。不过,先生,我要告诉你一件我最终成功的事情。我曾经决意一生都要做一位绅士。我始终是这样做的,现在依然这样做。这里有个习俗,每间牢房的囚犯都要轮流在早晨打扫。我和一个泥瓦匠、一个清洁工同住,但他们从不给我扫帚。"当一个朋友责备他谋杀了海伦·亚伯克龙比时,他耸耸肩说:"是啊,那是一件糟糕的事,不过她的脚踝真的很粗。"

他从新门监狱被带到朴次茅斯的囚船上,又从那里和其他三百名犯人一起坐着"苏珊号"被送往范迪门之地①。他似乎对这次航行极其憎恶,在写给朋友的一封信中,他苦涩地言及"诗人和艺术家的同伴"被迫结交"乡巴佬"的耻辱。他用以形容同伴的词语并不会令我们感到意外。在英国,犯罪很少是因罪恶而滋生,而几乎总

---

① 范迪门之地(Van Diemen's Land),位于澳洲南太平洋外的塔斯马尼亚(Tasmania),号称世界的尽头。岛上的亚瑟港(Port Arthur)有"监狱镇"之称,在1830至1877年间曾有多达12500名罪犯被流放于此。

是饥饿的结果。船上几乎没有一个人是他能找到的有共鸣的聆听者,即便只是一个有思想的、本性有趣的人也没有。

然而,他从未舍弃对艺术的热爱。他在霍巴特镇开设了一家画室,重又开始画素描和肖像画,他的谈吐和风度似乎从未失去往昔的魅力。他也没有放弃投毒的恶习,有两起案件记录称,他企图谋杀冒犯了他的人。但他的手似乎不再灵巧。他的两次尝试都彻底失败了。在1844年,由于对塔斯马尼亚社交圈的极度不满,他向定居地总督约翰·埃尔德利·威尔莫特爵士递交了一份请求书,期盼能获得假释许可。在这份请求中,他说自己"挣扎着想要获取外界的形式和认知,因这种想法而备受折磨,被遏制汲取更多的知识,被剥夺了有益的甚或得体谈话的权利"。然而,他的请求被拒绝了,这位柯勒律治①的朋友制作了那些神奇的人造天堂来安慰自己,其中的奥妙只有鸦片成瘾者才能明了。1852年,他死于中风,唯一活着的伴侣是一只猫,他对这只猫表现出非同一般的感情。

他的罪行似乎对其艺术的影响颇深。它们赋予他的

---

① 柯勒律治(Samuel Taylor Coleridge,1772—1834),英国诗人和评论家,他一生在贫病交困和鸦片成瘾的阴影下度过。

风格一种强烈的个性，他早期的作品无疑是缺乏这种品质的。在《狄更斯传》的一项记述中，福斯特提到，1847年，布莱辛顿夫人收到她在霍巴特镇担任军职的哥哥鲍尔少校寄给她的一幅年轻女人的肖像油画，出自他灵巧的手笔，据说"他设法将自己邪恶的神色融入肖像中那个美好、善良的女孩身上"。左拉先生在他的一部小说中告诉我们，一个犯下谋杀罪的年轻人从事艺术，为极其体面的人士作绿色调的印象派肖像画，而所有这些肖像都与他的受害者有着奇异的相似之处。在我看来，温莱特先生风格的变化要微妙得多，也更具有暗示性。人们可以想象一种强烈的个性从罪恶中被塑造出来。

这个奇特而迷人的人物让伦敦的文学界眼花缭乱了好几年，他在生活和文学上都如此耀眼地登场，无疑是一个最有趣的研究对象。对于他最近的传记作家 W. 卡鲁·哈兹里特先生，我非常感激，这篇小传中提及的许多事实来源于此，他的那本小册子从某种程度上来说真的极其宝贵。但他认为，温莱特对艺术和自然的热爱仅仅是一种伪装和假想，而其他人则否定了他所有文学上的才能。这在我看来是肤浅的，或者至少是一种错误的观点。一个人是投毒者这个事实与他的散文毫不相干。内在的品性不是艺术真正的根基，尽管它们可以为二流艺术家们充当极好的宣传。德·昆西很有可能夸大了他的批判能力，我不得不再次说明，在他发表的作品中，有许多太常见、太普通、太新闻化的东西，有许多不好的词所带来的令人不快的意义。他在措辞上无疑留有庸俗之词，他也始终缺乏真正艺术家的自制力。但对于他的一些过错，我们需要归咎于他所处的时代，毕竟，被查尔斯·兰姆认为是"一流的"散文，具有不小的历史意义。在我看来，他对艺术和自然拥有诚挚的热爱这一点是毋庸置疑的。犯罪与文化并无本质上的冲突。我们不能为了满足我们的道德感而重写整个历史。

当然，他与我们的时代相距过近，我们无法对他形成纯粹艺术上的评判。对于一个可能毒害了丁尼生勋爵[①]、格拉德斯通[②]先生或贝列尔学院[③]院长的人，我们不可能不产生强烈的偏见。但是，如果这个人穿上历史的服装，说不同于我们的语言，如果他生活在罗马帝国，或者意大利文艺复兴时期，或者十七世纪的西班牙，或除了这个世

[①] 阿尔弗雷德·丁尼生（Alfred Tennyson，1809—1892），英国诗人。
[②] 格拉德斯通（William Ewart Gladstone，1809—1898），英国首相。
[③] 贝列尔学院（Balliol College），牛津大学最著名、最古老的学院之一，以活跃的政治氛围著称，曾经培养出了多位英国首相和其他英国政界的重要人物。

纪、这片土地之外的任何其他世纪、其他土地，我们完全能够对他的地位和价值做出毫无偏颇的评判。我知道有许多历史学家，或者至少是以历史为题材的作家们，他们仍旧认为对历史给予道德上的评价是有必要的，他们以小有成就的师者的姿态庄重而自鸣得意地散布他们的赞颂或指责。然而，这是一个愚蠢的陋习，仅仅表明道德本质上可以被置于完美的制高点，以至于它将出现在任何并不需要它的地方。任何一个真正有历史感的人都不曾梦想过要去非难尼禄，责骂提比略，或者指摘恺撒·博尔吉亚[①]。这些人物已经变成了戏中的木偶。他们也许令我们充满恐惧、震惊或诧异，但他们不会伤害我们。他们与我们没有直接的关系。我们对他们没有什么可害怕的。他们已经进入了艺术和科学的领域，艺术和科学都不在意任何道德上的好或坏。所以，也许这位查尔斯·兰姆的朋友有一天也会这样。现下我觉得他还是有些过于现代了，让我们无法以一种带着客观的好奇心理的正向态度来看待他，而我们对约翰·阿丁顿·西蒙兹[②]先生、A. 玛丽·F. 罗宾逊小姐、弗

[①] 恺撒·博尔吉亚（Cesare Borgia，1475—1507），教皇亚历山大六世的私生子。
[②] 约翰·阿丁顿·西蒙兹（John Addington Symonds，1840—1893），英国历史学家，著有《意大利文艺复兴》。

农·李①小姐和其他杰出作家笔下的众多意大利文艺复兴时期知名罪犯的迷人研究都应归功于这种好奇心理。不过，艺术并没有忘却他。他是狄更斯《跟踪追击》的主人公，是布尔沃《卢克丽霞》中的瓦尼。令人欣慰的是，小说对一位在"笔杆子、画笔和毒药"上都卓尔不凡的人表达了某种敬意。对小说而言，引人联想要比事实重要得多。

---

① 弗农·李（Vernon Lee，1856—1935），原名维奥莱特·佩吉特（Violet Paget），英国文艺批评家、美学家。

作为艺术家的批评家
——闲论无所事事的重要性
THE CRITIC AS ARTIST
WITH SOME REMARKS UPON
THE IMPORTANCE OF DOING NOTHING

对话

第一部分

人物：吉尔伯特和欧内斯特

场景：皮卡迪利大街一幢可以俯瞰格林公园的房子的藏书室

吉尔伯特（在钢琴旁）：亲爱的欧内斯特，你在笑什么？

欧内斯特（抬起头）：一个有意思的故事，我刚才碰巧在你桌子上的那本回忆录里看到的。

吉尔伯特：哪本书？啊！我想起来了。我还没来得及读呢。那本书怎么样？

欧内斯特：哦，你在弹琴的时候，我闲来无事翻了翻。一般说来，我并不喜欢近代的回忆录。通常撰写回忆录的要么是完全失去了他们记忆的人，要么就是未曾做过任何值得记忆之事的人；然而，这毫无疑问却成为他们受欢迎的真正原因，因为英国公众在倾听平庸之辈言谈时总会感到极为惬意。

吉尔伯特：没错，公众的确是异乎寻常地宽容。他们包容一切，除了天才。不过我必须承认，我喜欢所有的回忆录。我喜欢它们的形式，也喜欢它们的内容。在文学中，纯粹的自我中心是令人愉快的。这就是我们着迷于西塞罗和巴尔扎克、福楼拜和柏辽兹、拜伦和塞维尼夫人这些性格迥异人物的书信的原因。每当我们与之不期而遇——奇怪的是，那极为罕见——我们总会不由自主地欣然接受，而且无法轻易忘怀。人类将永远爱戴卢梭，因为他不是对一个神父，而是向整个世界承认了自己的罪行；切利尼为弗朗索瓦一世国王的城堡铸造的昂首伏卧的青铜宁芙[①]雕像，以及那金绿色的珀尔修斯[②]像，它在佛

[①] 宁芙（Nymph），希腊神话中次要的女神，指出没于山林、原野、泉水、大海等地的仙女、精灵。
[②] 珀尔修斯（Perseus），古希腊神话中的英雄，宙斯之子。

罗伦萨的露天凉廊中向月亮展示曾将生命转变为石头的死亡的恐怖,这些所给予人们的喜悦却还没有这个文艺复兴时期最大的无赖讲述其辉煌而羞耻的经历来得更多。一个人的观念、品质、成就都无关紧要。他或许是一个像温和的蒙田先生那样的怀疑论者,或许是一个像莫妮卡那愤愤不平的儿子①那样的圣徒,不过只要当他向我们倾诉自己的秘密时,他总能令我们全神贯注,敛声息语。红衣主教纽曼所代表的思考模式——如果那可以被称作一种思考模式的话——是通过否定智者的权威,来寻求对于亟待思考的问题的解答——我认为可能不会,也不能得以留存。但这个世界永远不会看厌那些不安的灵魂在无尽黑暗中的行径。利特摩尔那座偏僻的教堂总令人眷念,那里"清晨气息温润,朝圣者寥寥无几",每当人们看见黄色的金鱼草在三一学院的墙头盛开时,他们就会想起那个文雅的大学生,他从花谢花开的例行循环中悟出一个预言,即他的一生将永远伴随在他仁慈的圣母身边,预示了在她智慧或愚行影响下的信仰将遭到破灭的磨难。是的!自传是不可抗

---

① 指圣奥古斯丁,编者注。

拒的。可怜、愚蠢又自负的佩皮斯[①]秘书先生喋喋不休着进入了不朽者们的阶层，他认为轻率是勇气中更好的那部分，他身穿"缀着金色扣子和起圈花边的宽大紫色长袍"匆忙跻身其中，还总喜欢极其惬意闲适地向我们描述那件外袍。为了他自己和我们无穷的快乐，他闲扯着为妻子买的印度蓝衬裙、"美味的猪内脏"、他爱吃的"令人垂涎的法式炖小牛肉块"、他和威尔·乔伊斯玩的滚球以及他"追随美女们的罗曼史"、他在某个周日吟诵的《哈姆雷特》以及平时演奏的小提琴，还有其他邪恶或琐碎的事情。即便在真实生活中，自我中心也并非没有吸引力。当人们向我们谈论他人时，通常都兴味索然。但当他们谈及自己时，几乎总是兴致勃勃的。而倘若他们开始变得乏味了，如果有人能让他们闭上嘴，就像合上一本让人失去兴趣的书那样容易，那绝对太完美了。

欧内斯特：这个"如果"里有太多好处，就像试金石会说的那样。但你是真的希望每个人都应该成为自己的博斯韦尔吗？那样的话，我们勤劳的生平及回忆录编撰者们又会怎么样呢？

[①] 塞缪尔·佩皮斯（Samuel Pepys，1633—1703），英国作家、政治家，著有《佩皮斯日记》。

吉尔伯特：他们会怎么样？他们是这个时代的害群之马，绝无夸大。现今每个伟大人物都有他的追随者，而写传记的却总是犹大。

欧内斯特：我亲爱的朋友！

吉尔伯特：恐怕就是如此。以前人们总把我们的英雄奉为圣人，而现今的做法是令他们平凡化。伟大著作的廉价版也许让人感到愉快，但伟人的廉价版绝对让人憎恶。

欧内斯特：吉尔伯特，我可以问一下你指的是谁吗？

吉尔伯特：噢！我说的是我们所有的二流文人们。当诗人或画家去世时，我们被这样一群人蹂躏，他们随同殡葬承办人一起来到住所，却忘记了他们的一项职责正是做一个像哑巴那样沉默的人。不过，我们不讨论他们了。他们只是文学上的盗尸者。这人得尘土，那人得灰烬，而灵魂却在他们望尘莫及之处。现在我来给你弹奏一曲肖邦，或者德沃夏克？我给你弹一支德沃夏克的幻想曲吧？他的作曲狂热激昂，弥漫着奇妙的色彩。

欧内斯特：不，我现在不想听音乐，它太不可捉摸了。另外，昨晚我接伯恩斯坦男爵夫人赴晚宴，尽管她在其他任何方面都魅力非凡，但她坚持要谈论音乐，就好像音乐其实是用德语写的一样。现在，我很高兴地说，无论音乐听起来像什么,即便最小的程度,也不像德语。有些形式的爱国精神事实上实在很丢人。不,吉尔伯特,别弹曲子了。转过身来跟我聊聊。跟我聊到曙光照进屋子。你的声音里有着精妙的东西。

吉尔伯特(自钢琴前起身):我今晚没有聊天的心情,真的没有。你笑得真诡异!烟在哪儿?谢谢。这些单球黄水仙多雅致啊!看起来像是用琥珀和冷色象牙做的似的。它们就像鼎盛时期的希腊事物。刚才那个懊悔的院士的供认中有什么故事让你发笑?告诉我吧。弹奏完肖邦,我感觉自己好像在为从未犯下的罪行而哭泣,为不属于我的不幸而哀叹。音乐对我总能产生这样的效果。它为一个人创造自己都不知情的过往,可以以一个人曾隐拭泪水的悲伤之情灌注他。我能够想象一个过着极为平凡生活的人偶尔听到一段怪异的音乐,在恍惚间陡然发现他的灵魂经受了骇人的考验,知悉可怕的欢乐,或狂热的浪漫爱情,或巨大的舍弃。所以告诉我那个故事吧,欧内斯特。我想要轻松一下。

欧内斯特:噢!我不知道那有什么重要。但我认为,对艺术批评所具备的真正价值,这确实是极好的例证。好像是一位女士曾经严肃地问这位懊悔的院士(按你对他的称呼），他那幅著名的《在怀特利家的一个春日》，或《等候末班公共马车》，或那类其他主题的作品，是否都是手工绘制的。

吉尔伯特：是吗？

欧内斯特：你真是无可救药。不过，说真的，艺术批评有什么用？为什么就不能让艺术家放任自流，如果他想要的话，就去创作一个全新的世界，抑或相反，去暗示我们早已熟知的这个世界。如果艺术不用它所选择的美好精神以及敏锐天性在某种程度上为我们净化这个世界，赋予它瞬间的完美，我想我们每个人都会厌倦不堪。依我看来，创造力在自己周围散布，或者应该撒播一种孤独，它在静默和独处中方能做到淋漓尽致。为什么艺术家要被那些尖厉而喧闹的批判声所困扰？为什么那些没有创造力的人能够得以评价创造力作品的价值？他们对这些能知道什么？如果一个人的作品浅显易懂，那就无须多作说明……

吉尔伯特：而如果他的作品是深奥晦涩的，那说明则是有害无益的。

欧内斯特：我可没有这么说。

吉尔伯特：啊！但你应该这么说。如今，留给我们的神秘事物太少，以至于我们不能再割舍掉它们中的任何一个了。布朗宁学会①的成员们在我看来就像广派教会②的神学家或沃尔特·司各特③《伟大作家丛书》中的作者们一样，不惜耗费他们的时间，试图解释他们远去的神性。当人们希望布朗宁是个神秘主义者时，他们便绞尽脑汁地证明他仅仅是不善言辞。当人们认为他有不为人知的隐秘时，他们又证实他几乎没有什么值得透露的。不过我只是说他错综复杂的作品，整体而言，他还是相当出色的。他不属于奥林匹斯那些神族，他有巨人泰坦的所有缺陷。他不俯瞰民众，也鲜少引吭高歌。斗争、暴力和努力损毁了他的作品，他不是从情感走向形式，而是自思想踏入混乱。当然，他很伟大。他被称为一个思想者，是一个总在思考、总在自言自语的人；然而吸引他的并非思想，而是思想变化的过程。他喜欢的是机器本身，而不是机器所制造的东西。对他来说，愚昧之人终抵愚昧的方式如同智者的终极才智一样珍贵。确实，这种头脑的微妙机制令他如此着迷，以至于他轻视语言，或只是将语言看作一种不完善的

---

① 布朗宁学会（the Browning Society），研究诗人罗伯特·布朗宁（Robert Browning）的组织。
② 广派教会（the Broad Church Party），一个神学派别，带有自由派特征。
③ 沃尔特·司各特（Walter Scott，1771—1832），英国历史小说家、诗人。

表达手段。韵律,这荡漾在缪斯山谷中的优美回响以自己的嗓音自问自答;韵律,在真正的艺术家手中不只是一种格律之美的物质要素,更是一种思想与激情的精神要素,它可能会唤醒全新的情绪,或酝酿一长串新颖的念头,或仅仅以甘甜又引人遐想的声音打开某扇金色大门,而那扇门曾被想象徒劳地叩击过;韵律,能将人类的言论转变为众神的言辞;韵律,是我们加进希腊里拉琴中的和弦,在罗伯特·布朗宁笔下它变成了荒诞而扭曲的东西,时不时地使他像一个拙劣的滑稽演员般隐藏在诗歌中,而它大多数时候都装腔作势地骑着珀加索斯①。有些许瞬间,他用怪异的乐声伤害我们。不仅如此,如果只有扯断诗琴上的弦才能获得他的音乐,他便会将其扯断,它们绷断时会发出不和谐的声音,他没有雅典的鸣蝉,它们轻轻落在象牙色的号角上,用颤抖的双翼鸣奏旋律,使乐章完美,让音程不那么刺耳。然而,他是伟大的,虽然他将语言和成了粗劣的陶土,他却用之创造了活生生的男男女女。他是继莎士比亚之后最莎士比亚的人物。如果莎士比亚能用数不尽的嘴唇高唱的话,那布朗宁就能用一千张嘴结结巴巴地

---

① 珀加索斯(Pegasus),希腊神话中有双翼的飞马,被其足蹄踩过的地方有泉水涌出,诗人饮之可获灵感。

说话。甚至现在,在我谈论他时,不是反对他而是褒扬他时,好似有一列他笔下的人物盛装游行着穿过房间。那里,双颊上仍因某个女孩的热吻而火烫的利比①蹑手蹑脚地走着。那里,站着骇人的扫罗②,头巾上那颗贵族气派的男式蓝宝石光彩夺目。米尔德雷德·特雷瑟姆在那里,还有含恨的脸色蜡黄的西班牙僧侣、布鲁格拉姆、本·以斯拉以及圣·普拉克斯的主教都在那里。塞特鲍斯的后人在角落里语无伦次,塞巴尔德听到利比走过,望着奥蒂玛憔悴的脸,憎恶起他俩的罪行,也憎恶起他自己。忧郁的国王脸色苍白得就像他紧身短上衣的白色缎子,他用心不在焉又奸诈的眼神望着过于忠诚的斯特拉福德径直走向他的末日。当安德里亚听到表亲们在花园中吹口哨时不禁战栗,吩咐他完美的妻子下楼。没错,布朗宁是伟大的。但他会以怎样的形象被人们记住?作为一个诗人?啊,不会是诗人!他将作为一个小说作家而被人们铭记,可能是有史以来我们最杰出的小说家。他对戏剧处境的意识无与伦比,如果他不能回答自己的问题,他至少会提出这些问题,而一个艺术家还有什么更多的事情能做吗?从人物创

---

① 菲利波·利比(Fra Filippo Lippi,1406—1469),意大利画家。
② 扫罗(Saul),以色列犹太人进入王国时期的第一个王。

造者的角度来说，他紧紧位列于那个创造了哈姆雷特的人之后。如果他善于表达的话，他也许可以与那人平起平坐。唯一能够触及他外衣褶边的是梅瑞狄斯。梅瑞狄斯是散文的布朗宁，而布朗宁也是散文的。他用诗歌作为散文写作的手段。

欧内斯特：你说的有些道理，但并非全都正确。有很多观点你都不是很公正。

吉尔伯特：一个人对待喜欢的东西是很难公正的。不过还是让我们回到刚才讨论的具体问题中吧。你刚才说了些什么？

欧内斯特：简单来说就是，在艺术的鼎盛时代，不存在艺术批评家。

吉尔伯特：我以前似乎听到过这种说法，欧内斯特。它真是具备谬论的那种挥之不去的长久性，就像一个老朋友的沉闷一样。

欧内斯特：它是对的，是的。你不用那样耍性子地晃脑袋。就是这样的。在艺术的鼎盛时代是不存在艺术批评家的。雕刻家从大理石石块中雕琢出沉睡其中的肢体雪白的赫耳墨斯巨像，蜡匠们和镀金工们为雕像赋予色调与神韵，当它展现在世人面前时，人们不禁景仰得瞠目结舌。

他将灼热的青铜注入沙质的模具中，流动的红色黄铜冷却成高贵的曲线，幻化出神的形体。他用珐琅或精心打磨的珠宝给予他的盲眼光明。风信子般的鬈发在他的雕刻刀下愈显鬈曲。在某个昏暗的满是壁画的神殿里，或阳光照耀下有立柱的柱廊中，当勒托①的孩子在他的底座上站立时，那些路过的人们在清朗的空气中悠闲缓行②，意识到一种新的影响已然蕴藏在他们的生活之中，他们恍惚着，或带着一种陌生又苏醒的喜悦回到家中，或日常劳作，或漫步闲逛，也许穿过城门去到仙女们出没的、年轻的费德鲁斯③曾沐浴双足的那片草地，躺在柔软的草地上，高高的风吹拂着，悬铃木低语着，杜荆子花绽放着，他们开始琢磨起美这件事，怀着非同寻常的敬畏沉默不语。在那样的日子里，艺术家是自由的。他亲手从河谷中取来细黏土，用木头或骨头制成的小工具塑之以形，精美得让人们作为玩物奉给逝去的先人。我们仍然能在塔纳格拉④的黄色山坡上那些被尘封的墓冢中发现它们，暗淡的金黄和褪色的深红仍然残留在其发间、唇边和衣上。在一堵刚抹了灰泥的墙

---

① 勒托（Leto），希腊神话中的泰坦女神。阿波罗和阿耳忒弥斯是她和宙斯的孩子。
② 原文为希腊文。
③ 费德鲁斯（Phaedrus），古罗马寓言作家。
④ 塔纳格拉（Tanagra），希腊的小镇，当地保存有许多古时陶俑。

上,沾染了明亮的红丹色,或混合了奶白和橘黄色,他着笔画一个人。那人或许是以疲惫的双足踩踏在白色星星点点般的紫色日光兰花地上,一个"眼睑中藏着整个特洛伊战争"的人——波吕克塞娜[①]——普里阿摩斯[②]的女儿;那人或许是奥德修斯,那个明智又诡诈的人被牢固的细绳紧紧绑在桅杆的根座上,这样他可以聆听塞壬[③]的歌声而不受到伤害,或在清澈的冥河边徘徊,那里鱼群的幽灵们轻快地穿梭在卵石覆盖的河床上;那人或许是波斯人,身穿紧身格子呢裤、头戴主教冠在马拉松赛跑中飞奔于希腊人之前,或是呈现了狭窄的萨米里亚海湾中战舰互相撞击着他们黄铜制的铁嘴撞角。他在羊皮纸和备好的雪松木上用银笔尖和木炭作画。在象牙制品和玫瑰色的赤陶土上用石蜡作画,用橄榄汁融化石蜡,而后以滚烫的铁器将之定型。当他的画笔挥洒在画板、大理石和亚麻帆布上时简直妙不可言,而生活看着她自己的意象一动不动,噤口不言。的确,所有的生活都可以是他的,从坐在市集上的商人到躺在山坡上披着斗篷的牧羊人,从藏在月桂树下的仙

[①] 波吕克塞娜(Polyxena),古希腊神话人物,特洛伊王国的公主。
[②] 普里阿摩斯(Priams),特洛伊战争时期的特洛伊国王,帕里斯之父。
[③] 塞壬(Siren),希腊神话中人首鸟身的怪物,经常徘徊在海中礁石或船舶之间,又被称为海妖。塞壬用自己的歌喉使过往的水手失神倾听,导致航船触礁。

女和正午吹起笛子的农牧神到坐在绿色长幕帘轿子中的国王——奴隶们烦厌地将他抬上油亮的肩头，用孔雀羽扇为他扇风。男人和女人们从他面前走过，面带喜悦抑或悲伤之色。他注视着他们，而后他们的秘密便成为他的了。他以形式和色彩重构了一个世界。

所有精妙的艺术也是属于他的。他将宝石紧嵌于旋转的圆盘上，紫水晶成了阿多尼斯①的紫色长榻，在纹理清晰的缠丝玛瑙上，阿尔忒弥斯②带着她的猎犬疾速飞奔。他将黄金锤炼成玫瑰，将其串成项链或臂镯，将黄金锻造成征服者头盔上的冠饰，或是推罗人长袍上的饰物，或是皇室死者的面具。在银制镜子的背面，他雕刻了忒提丝③和背负她的涅瑞伊得斯④们，或得了相思病的菲德拉⑤和她的护士，或那厌倦了回忆的珀耳塞福涅⑥，将罂粟花插在自

---

① 阿多尼斯（Adonis），希腊神话中的美男子。
② 阿尔忒弥斯（Artemis），古希腊神话中的狩猎女神和处女之神。
③ 忒提丝（Thetis），古希腊神话中的海中仙女，海神涅柔斯和大洋神女多里斯的女儿。
④ 涅瑞伊得斯（Nereids），古希腊神话中的海中仙女。她们是涅柔斯和多里斯的五十个女儿，其中最有名的是忒提丝。
⑤ 菲德拉（Phaedra），古希腊悲剧大师欧里庇得斯（Euripides）的《希波吕托斯》中的人物，该剧描述了菲德拉对她的继子希波吕托斯的爱和背叛，后者拒绝了其继母的爱。
⑥ 珀耳塞福涅（Persephone），古希腊神话中冥界的王后，她是众神之王宙斯和农业女神德墨忒尔的女儿，被冥王哈迪斯（Hades）绑架到冥界与其结婚，成为冥后。

己的发间。这位陶工坐在他的工棚里，在无声无息的机轮中，花瓶就像花朵开放一样在他的手中显形。他用精致的橄榄叶或莨苕叶的图案，或是起伏的有波纹的浪涛来装点底座、瓶颈和瓶耳。而后他用黑色或红色描绘少年们摔跤或赛跑的场景：骑士们全副武装，举着有奇怪纹章的护盾，戴着奇特的面罩，从贝壳状的战车里探出身子驾驭后腿直立的骏马；天神们端坐在筵席上，或行使着他们的神迹；英雄们沉浸在他们的胜利或痛苦中。有时，他会用细细的朱红色线条在白色底面上凿刻出倦懒的新郎和新娘，厄洛斯[①]在他们周围盘旋——一个像多纳泰罗[②]雕刻下的天使一般的厄洛斯，有着镀金或蔚蓝色双翼的笑盈盈的小家伙。在弯曲的一边，他会写下朋友的名字。高贵的阿基比亚德斯[③]或高贵的查米德斯[④]向我们诉说他那个时候的故事。此外，他会在又宽又扁的杯壁上随心所欲地描绘吃草的雄鹿或休憩的狮子。在小巧的香水瓶上，阿弗洛狄忒[⑤]

[①] 厄洛斯（Eros），在早期神话中，厄洛斯被认为是参与世界创造的一位原始神，是一切神灵情爱的化身。
[②] 多纳泰罗（Donatello，1386—1466），意大利文艺复兴时期的雕塑家、画家。
[③] 阿基比亚德斯（Alcibiades），苏格拉底的学生。
[④] 查米德斯（Charmides），柏拉图的舅舅，三十僭主之一。
[⑤] 阿弗洛狄忒（Aphrodite），古希腊神话中爱情与美丽的女神。

笑对着她的装扮，狄俄尼索斯①赤着玷污的双足绕着酒罐跳舞，裸露着双臂的酒神侍女米娜德在其身后；而老西勒诺斯②像萨堤尔一样，摊开四肢懒散地躺在臃肿的毛皮上，或是摇晃着魔幻的长矛，那长矛顶端缀着回纹饰的冷杉球果，并缠绕着深色的常春藤。没有人会前来打扰艺术家的工作。没有那些不负责任的喋喋不休来烦扰他。他并不因看法的不同而忧心。阿诺德曾说过，在伊利索斯河畔是没有希金博特姆的。亲爱的吉尔伯特，在伊利索斯河畔，没有什么荒唐的艺术大会将地方主义带往各地，教授那些平庸之人如何夸夸其谈。在伊利索斯河畔，没有单调乏味的艺术杂志唠叨着闲扯那些他们不理解的东西。在那条小溪芦苇丛生的河岸边，没有荒谬的新闻业昂首阔步地霸占着审判席，而它本应在受审时致歉。希腊是没有艺术批评家的。

吉尔伯特：欧内斯特，你很讨人喜欢，但你的观点很不合理。恐怕你一直在听某些年长之人发表的言论。那向来是一件危险的事情，如果你允许它堕落成一种习惯的话，就会发现那对于任何思想的发展而言都是致命的。

---

① 狄俄尼索斯（Dionysus），古希腊神话中的酒神。
② 西勒诺斯（Silenus），酒神狄俄尼索斯的老师。

至于现代新闻业,我无意为它辩解——伟大的达尔文主义"俗者生存"[①]的原则为它的存在而辩解。我只想谈谈文学。

欧内斯特: 那文学和报纸杂志有什么区别呢?

吉尔伯特: 噢!报纸杂志不值一读,而文学则无人去读。这就是区别。但是关于你提到的希腊没有艺术批评家的说法,我向你保证,那是相当荒谬的。说希腊是一个艺术批评家的民族应该更为公正些。

欧内斯特: 真的吗?

吉尔伯特: 没错,希腊正是一个艺术批评家的民族。但我不想破坏你描绘的这幅希腊艺术家与其所处时代才智精神之间关系的令人愉快的虚幻景象。对于从未发生过的事情给予准确的描述,这不仅是历史学家的本职工作,也是处于任何地域和文化中的人们所拥有的不可剥夺的特权。我仍然不想进行学识方面的谈论,那要么是无知之辈的装腔作势,要么是精神空虚者的表白。而至于所谓的改善对话,那不过是愚蠢的慈善家无力地试图消解犯罪阶级正当怨恨的愚蠢方式而已。好了,还是让我为你弹奏一些

---

① 此处作者将达尔文的"适者生存"(the Survival of the Fittest)改为"俗者生存"(the Survival of the Vulgarest),以作讽刺之用。

德沃夏克疯狂、火热的曲子吧。挂毯上黯淡的人们在向我们微笑，我那青铜那耳喀索斯①像也合上沉重的眼睑入睡了。我们别谈论那些一本正经的事了。我只是非常清楚，我们身处的时代只会认真对待枯燥无味，我生活在一种唯恐不被误解的恐惧之中。别将我贬低到能够给你有用信息错觉的地步。教育是一件值得赞赏的事情，但我们最好时常记得，任何值得知晓的事情都不是能被教授的。透过拉开窗帘的窗户，我看见月亮就像一枚缺了口的银币，星星就像金色的蜜蜂般簇拥在她周围。天空就是一颗坚硬的空心蓝宝石。我们到夜空下去吧。思想是很美妙，但探索要更为精彩。谁知道呢，或许我们会遇见波希米亚的弗洛里泽尔王子，听到美丽的古巴人告诉我们，他并非如外表看起来那样？

欧内斯特：你真是太任性了。我就想和你讨论这件事。你刚才说希腊是一个艺术批评家的民族，那他们留给我们哪些艺术评论了？

吉尔伯特：亲爱的欧内斯特，即使希腊或希腊时期没有一块艺术评论的碎片留传给我们，希腊也依然是一个艺

---

① 那耳喀索斯（Narcissus），希腊神话中的美少年，是河神刻菲索斯与水泽神女利里俄珀的儿子，有自恋者之意。

术批评家的民族，他们创造了艺术批评，正像他们创造了对任何其他事物的批评一样。所以归根结底，我们受之于希腊人最重要的是什么呢？简单地说，就是批评精神。他们在宗教和科学、伦理学和玄学、政治和教育等问题上应用这种批评精神，还将之运用于艺术问题。实际上，在两门至高无上的艺术中，他们留给我们一套世界上前所未见的最完美的批评体系。

欧内斯特：那两门至高无上的艺术是指什么？

吉尔伯特：生活和文学，生活和生活的完美表达。前者的法则，正如希腊人所主张的，在一个被我们自己虚假的理想损毁的时代里是无法实现的。而希腊人所主张的后者的法则，在许多情况下如此微妙，以至于我们无法理解。他们认识到最完美的艺术是那些最能充分映照出人类无穷变化的艺术，他们详尽阐述了语言的批评，仅仅是从将之作为那种艺术的素材的角度来考虑，其所达到的高度，也是我们那强调理智或情感的重音规则根本难以企及的。譬如说，他们像现代音乐家研究和声和对位法那样，科学地研究散文的格律变化，几乎无须我多言，他们还有更为敏锐的审美直觉。在这件事上他们是正确的，正如他们在所有事情上都是正确的一样。自从印刷术推行以来，随着这个国家中低阶层阅读习惯的重大推进，文学中便有了一种倾向，即吸引眼球的越来越多，与此同时，吸引耳朵的则越来越少，但从纯粹艺术的立场上来看，耳朵才应当是文学力图取悦的感官，它应始终遵从耳朵的愉悦准则。总体来说，佩特先生是我们当代最杰出的英国散文大师，即便是他的作品，也时常更像是一片马赛克，而非乐章中的章节，而且好似处处都缺乏文字真正的韵律活力以及这种韵律活力所创造的美好自由和丰富的效果。事实上，我们把写作变成了一种明确的模式，并将它看作一种精心构思的模式。而另一方面，希腊人只是将写作视为一种记录的手段。他们总是将口语化的用词置于音乐和韵律的关系中加以检验。声音是形式，耳朵是批评家。我有时在想，荷马[①]失明的故事或许真的是一个批评时代所编造的艺术神话，它用以提醒我们，伟大的诗人不仅是一个预言家，他鲜以肉体之眼去看，多以灵魂之眼去观察，而且还是个真正的歌者，在音乐中编筑他的曲子，一遍又一遍自言自语地吟诵着每一行诗，直到他捕捉到其旋律的奥秘，在黑暗中吟咏那闪耀着翅膀的词语。当然，不管是否

---

① 荷马（Homer，约前9—前8世纪），古希腊失明诗人。

如此，这位伟大的英国诗人的后期诗作中，那许多雄伟乐章和铿锵壮丽都要归功于他的失明，即使那不是一个原因的话，至少也是一个契机。当弥尔顿再不能写作时，他开始歌唱。谁会将《科莫斯》的韵律与《力士参孙》《失乐园》或《复乐园》①的韵律相提并论呢？当弥尔顿失明的时候，他完全以声音来写作，这应是每个人的写作方式，因而早期的单管乐器便成了那强劲有力、多音栓的管风琴，其浑厚回响的音色具备荷马诗文所有的雄壮，它试图拥有它的迅捷，它是英国文学一向横扫所有时代的不朽遗产，因为它超越了那些时代，永远与我们同在，它的形式是永恒的。是的，写作带给作家们更大的伤害。我们必须回到声音。那必定是对我们的考验，也许那时，我们将能欣赏希腊艺术批评的一些微妙之处。

以现在的情况，我们做不到那样。有时，我写了一篇散文，自以为谨慎到完全没有过错，但一个可怕的想法会向我袭来，担忧自己使用了抑扬格或三短节音步会显得过于柔弱，这是奥古斯都时代一位知识渊博的批评家曾以最公正严厉的方式责难睿智而又有些自相矛盾的赫格西亚所

---

① 《科莫斯》《力士参孙》《失乐园》和《复乐园》均为弥尔顿的作品，其中《科莫斯》为早期诗剧，后三部均为后期作品。

犯的过错。当我想到这里时不禁瑟瑟发抖,暗自琢磨那位迷人的作家①,他曾经以无所顾忌的慷慨精神向我们社会中那些未经开化的人们宣称行为占据生命四分之三的怪论,如果我们发现他那四音节韵脚被错置了位置,其散文所产生的令人钦佩的道德效果是否有朝一日将荡然无存?

欧内斯特:哈!你现下有些无礼啊。

吉尔伯特:当一个人被严肃地告知希腊没有艺术批评家时,谁不会变得无礼呢?希腊积极的天才在批评中迷失了自我,我能够理解这种说法,但无法理解说我们得益于批评精神的那个种族不存在批评。你可别要求我提供一份从柏拉图到普罗提诺②的希腊艺术批评家的概述。今晚的夜色太迷人了,不适宜谈这些。月亮如果听到我们的谈话,一定会在已经暗沉的脸上蒙上更多的灰尘。不过,我想起了一篇完美的美学批评的小著作——亚里士多德的《诗学》,说说它倒也无妨。它在形式上并不完美,因为写得很拙劣,可能是为一场艺术讲座随意而做的笔记,或是为撰写某部大著作准备的零星片段,但在调性和论述上,

---

① 指英国诗人、评论家马修·阿诺德(Matthew Arnold)。
② 普罗提诺(Plotinus,205—270),新柏拉图学派最著名的哲学家。

它绝对堪称完美。艺术的伦理效应，其对文化的重要性、其在性格形成中所处的位置，柏拉图都已一劳永逸地完成了；但在《诗学》中，亚里士多德不是从道德的角度，而纯粹是从美学的角度来看待艺术。当然，柏拉图涉猎了许多明确的艺术类问题，例如艺术作品中整体性的重要性、调性与和谐的必要性、表象的美学价值、视觉艺术与外部世界的关联，以及虚构与事实的关系。他最初唤醒的或许是人类的灵魂，去渴望那些我们尚未满足的，去渴望知晓美与真理之间的联系，以及美在宇宙的伦理和智慧秩序中的位置。他先前提出的理想主义和现实主义的问题，在抽象存在的形而上学的领域中，在很多人看来似乎是没有结果的，但倘若转而放到艺术的领域中，你会发现它们依然生机勃勃且意味深长。也许柏拉图注定生而成为一个美的批评家，只要更改一下他思辨领域的名字，我们将寻得一种新的哲学。但亚里士多德就和歌德一样，主要就艺术的具象表现来讨论艺术。譬如以悲剧为例，研究其所使用的材料，即为语言；其题材，即为生活；其表现的方式，即为动作；其展示自我的条件，即为戏剧表演；其逻辑结构，即为情节；以及其最终的美学诉求，即在怜悯和敬畏的激情中实现美感。自然的那种净化和精神化——亚里士多德称为净化①——正如歌德所见，本质上是美学的，而不像莱辛②自认为的那样，是道德的。亚里士多德主要论及艺术作品所产生的印象，他致力于分析这种印象，钻研其根源，探究它是如何产生的。作为一名生理学家和心理学家，他知道人类功能的健康在于活力。一个人拥有强烈的情感却浑然不知，会使自身不完整、令自身受限。悲剧展现了对生活场景的模仿，净化了许多人们隐匿心中的"危险之物"，为其宣泄情绪提供高尚且有价值的目标，使心灵和精神得以洗涤。不，它不仅升华他的精神，还激发了他或许一无所知的高尚情感。有时在我看来，"净化③"这个词就是对类似入会仪式般的事情的明显影射，事实上这甚至是它真实且仅有的意义，我偶尔会这样想入非非。这当然只是这本书的概述而已，但你可以看到这是一篇多完美的美学批评啊！除了希腊人，谁还能将艺术分析得那么到位呢？读完这本书，人们不再疑惑，为何亚历山大里亚④如此专注于艺术批评；也不再纳闷，为何我们发现那个时代具备艺

---

① 原文为希腊文。
② 莱辛（Gotthold Ephraim Lessing，1729—1781），德国剧作家、文艺批评家和美学家。
③ 原文为希腊文。
④ 亚历山大里亚（Alexandria），埃及北部的海港，历史名城。

术性情的人会研究风格和方式的每一个问题，讨论伟大的绘画学术流派，比如像西锡安[①]画派那样试图保留古老风格的高贵传统、旨在再现真实生活的现实主义和印象主义画派，或者肖像画中的理想元素，抑或他们所处时期的当代史诗形式的艺术价值，还有那些与艺术家契合的主题。事实上，恐怕那个时代毫无艺术气质的人们也都忙碌于文学和艺术的事情，因为对剽窃的指责可谓不计其数，而这些指责要么出自无能之徒乏味的薄唇，要么出自那些本身一无所有者的荒唐之口，幻想通过大声呼喊自己被抄袭而获得富有的名声。亲爱的欧内斯特，我向你保证，希腊人滔滔不绝地谈论画家丝毫不亚于现在的人们，而且他们有自己的观点，有展览，有艺术及工艺品行会，有拉斐尔前派运动和现实主义运动，有关于艺术的讲座，他们撰写艺术随笔，造就了他们的艺术史学家、考古学家以及其他所有的一切。即便是巡回演出公司的剧场经理在巡演途中也会带上他们的戏剧批评家们，并支付丰厚可观的佣金，让他们撰写大肆赞扬的评论。事实上，我们生活中任何现代化的东西都应归功于希腊人，任何过时的东西都应归咎于中

[①] 西锡安（Sicyon），古希腊城邦。

世纪。正是希腊人给了我们整个艺术批评体系，至于他们的批评天性有多敏锐，或许可以从一个事实得见，即他们最为在意去评论的素材是——就像我刚才提及的——语言，因为画家或雕塑家使用的素材与文字相比简直不值一提。语言不仅拥有如六弦提琴和诗琴般甜美的乐音，拥有与那些威尼斯或西班牙画家为我们绘下的迷人油画同样丰富而生动的色彩，拥有绝不亚于大理石或青铜雕像的确切又肯定的造型形式，而且思想、激情和灵性也是它们的，确实只是它们的。如果希腊人对什么都未予以评论，却只是评论语言，那他们仍然是世界上伟大的艺术批评家。深谙那门最高深艺术的原则，便是通晓所有艺术的原则。

快看，月亮正躲在一片硫黄色的云后面，她在一团茶褐色鬃毛般的浮云中闪烁着，颇像狮子的眼睛。她在担忧我会和你谈论卢奇安[①]和朗吉努斯[②]，谈论昆体良[③]和狄奥尼修斯[④]，谈论普林尼、弗朗托[⑤]和保塞尼亚斯[⑥]，谈论所

[①] 卢奇安（Lucian，120—180），古希腊讽刺散文作家。
[②] 朗吉努斯（Longinus，213—273），古希腊新柏拉图主义哲学家。
[③] 昆体良（Marcus Fabiws Quintilianus，约35—95），古罗马教育家。
[④] 狄奥尼修斯（Dionysius of Halicarrassus，约公元前1世纪），古希腊历史学家和修辞学家。
[⑤] 弗朗托（Fronto，100—170），古罗马修辞学家和文学家。
[⑥] 保塞尼亚斯（Pausanias，公元2世纪），希腊旅行家和地理学家。

有那些自古以来撰写或讲授艺术问题的人。她完全不必担忧，我也厌倦了探索黯淡、枯燥的事实深渊。现在除了再来一支神仙般美妙①的烟，我没有什么其他可说的了。烟至少会给人留有不得满足的魅力。

欧内斯特：试试我的，它们相当不错。我直接从开罗弄来的。我们使馆专员唯一的用处就是能为他们的朋友提供优质的烟草。既然月亮躲起来了，那我们就再聊一会儿吧。我已经准备承认我刚才关于希腊的想法是错误的了。正如你指出的那样，他们是一个艺术批评家的民族。我承认这点，但我对他们感到有些遗憾。因为创作才能要高于批评才能，这两者之间真的没有什么可比性。

吉尔伯特：将这两者对比完全是主观武断的。没有批评才能，根本也就没有名副其实的艺术创作。你方才提到的艺术家以其敏锐的选择精神和微妙的取舍本能为我们展现生活，并赋予它一种瞬间的完美。好吧，那种选择的精神，那种微妙而敏锐的取舍，正是批评才能最典型的表现之一，不具备这种批评才能的人，是根本不可能在艺术中有任何创作的。阿诺德将文学定义为一种对生活的批评，

---

① 原文为希腊文。

虽然从形式上来看并不完全恰当，但这表明他是多么敏锐地意识到，批评要素在一切创作中的重要性。

欧内斯特：应该说，伟大的艺术家们是在潜意识中创作的，我想他们"比他们自认为的要更睿智"，正如爱默生说过的那样。

吉尔伯特：事实并非如此，欧内斯特。所有优秀的富有想象力的作品都是自觉且经过深思熟虑的。没有哪位诗人歌唱是因为他必须歌唱，至少，伟大的诗人不是。一个伟大的诗人歌唱是因为他选择去歌唱。现在是这样，一直以来也始终如此。人们有时容易认为，诗歌萌芽之初所发出的声音，相较于我们现在的声音显得更纯朴、更新鲜、更自然，早期诗人们所观察、所走过的那个世界本身便具有一种诗意特质，几乎不需要变换就能变成歌曲。现在的奥林匹斯山上覆盖着厚厚的积雪，陡峭的悬崖边萧瑟而贫瘠，但这并不妨碍我们想象雪白赤足的缪斯女神曾拂去清晨银莲花上的露水，而阿波罗也曾在傍晚前来为山谷里的牧羊人歌唱。然而在这其中，我们只不过是将自己所渴望的或自认为我们所渴望的填补到别的时代。我们的历史感是有问题的。迄今为止，每一个创作诗歌的世纪都是人为的世纪，在我们看来，那些时代创作的最为自然纯朴的作品都是极度自觉努力下的产物。相信我，欧内斯特，没有自觉的意识就不会有杰出的艺术，自觉意识和批评精神是一体的。

欧内斯特：我明白你的意思，你的话很有道理。但想必你会承认，那些早期时代的伟大诗歌、那些远古的佚名的集体诗作是种族想象的结果，而不是个人想象的结果吧？

吉尔伯特：在它们真正变为诗歌时不是，在它们形成一种美好的形式时也不是。因为没有风格的地方便没有艺术，没有整体性的地方便没有风格，而整体性则是个人的。毫无疑问，荷马可以抓取古老的民谣和故事，正如莎士比亚可以从编年史、戏剧、小说中汲取创作灵感一样，但它们仅仅是他粗略的素材。他得到它们，并塑之以诗歌，它们便成了他的，因为是他将其变得优美迷人。它们从音乐中缔造而出：

  因此，根本无所谓缔造，
  因此，也就永远地缔造了。

一个人研究生活和文学的时间越长，他便会愈加强烈地感知到立于一切美好事物背后的是个人，感知到不是时机成就了人，而是人创造了时代。事实上，我更倾向于认为，在我们看来每一个来自部落和民族的惊叹、恐惧或幻想的神话和传说，其诞生的源头都是某个单独个体的智慧。神话数量出奇地有限，我看就可以证实这一推论。但我们不该又扯到比较神话的问题上，我们还是继续探讨批评吧。我想要指出的是，一个没有批评的时代，要么是一个停滞、沉重，且拘泥于复制传统形式的时代，要么就是一个全然没有艺术的时代。的确也有一些批评的时代是缺乏创造力的，即便只是一般意义上的创造力，那些时代中人们的精神都集中于试图整理自己宝藏库中的财宝、将金从银中分离、在铅中提取银、一遍遍细数宝石、为珍珠命名等，但从未有一个创造性的时代是不存在批评的，因为正是批评的才能创造了全新的形式。创造的趋势是不断重复它自己。每一个新流派的萌芽，每一种艺术乐于借其呈现的新风格，都应归功于这种批评才能。艺术现在所运用的任何一种形式无一不是亚历山大里亚的批评精神所流传给我们的，这些形式要么是在那里定型，要么是在那里创造，抑或在那里趋于完善。我说及亚历山大里亚，不仅是因为希腊精神在那里变得最为自觉，且最后终结于怀疑主义和神学中,而是因为罗马是向她而非雅典寻求典范,正是通过拉丁文字的留存——尽管保存得并不怎么样——文化才得以流传。文艺复兴时期,当希腊文学在欧洲初露端倪时,这片土地已经在某种程度上为之整装待发。但为了摆脱那些总令人厌烦且并不准确的历史细节,我们简略地来说,艺术的形式应归因于希腊的批评精神。我们的史诗、抒情诗,在整个戏剧发展的每个阶段,包括滑稽讽刺剧、田园诗、浪漫小说、探险小说、小品文、对白、演说、讲座(关于这个,或许我们不该原谅希腊人),还有所有广泛意义上的警句格言,这些都应归功于那种精神。事实上,我们的一切都应归功于它,除了十四行诗,不过十四行诗与一些思想运动具有奇特的相似之处,这可以追溯到《希腊诗选》中;除了美国新闻业,在哪里都无法找到与其共通之处;还除了那些假作苏格兰方言的民谣,有关这些民谣,我们颇为勤奋的一个作家最近提议,我们的二流诗人应该以其为基础做最终而一致的努力,从而使他们自己能更趋浪漫。每一个新的流派,正如它表现的那样,都大声疾呼着反对批评,但正是由于人类的批评才能,才有它的起源。纯粹的创造才能是无法创新的,那只是复制。

欧内斯特:你一直主张批评是创造精神必不可少的

组成部分，我现在完全认同你的看法。但创作之外的批评呢？我有阅读期刊的愚蠢习惯，在我看来，大多数现代批评都毫无价值。

吉尔伯特：大部分现代创作也是如此。平庸之人忐忑不安地衡量平庸，无能之辈在一旁为他的弟兄交口称赞——这正是英国艺术活动时不时向我们呈现的奇观。然而，我感觉我在这个问题上有些不公平。一般来说，批评家们——当然，我指的是那些更高水准的，准确地说，是那些为六便士的报纸写稿的人——比那些要求他们来评论自己作品的人富有修养得多。这其实正如人们所想，因为批评相较创作需要更深厚的涵养。

欧内斯特：真的吗？

吉尔伯特：当然是真的。任何人都能写出一部三卷本的小说，只要对生活和文学并非毫无认知即可。我能够想到，批评家遇到的难点是难以维持任何标准。在一个毫无风格可言的地方，标准必然也是不可能存在的。差劲的批评家们显然已沦为文学法庭的记录员，沦为艺术惯犯所作所为的记录者。有时，据说他们并没有通读所有要求他们评论的作品。他们是没有读，或者至少他们不应该读。如果他们读了，他们就会变成根深蒂固的遁世者，或者我可以借用一个漂亮的纽纳姆毕业生的话说,他们的余生都会是根深蒂固的"厌女者"[①]。何况这完全没有必要。要想知道葡萄酒的年份和品质,无须把整桶酒都喝干净。在半小时内评论一本书是否值得一读,想必非常容易。如果一个人对形式颇有天分的话,十分钟便完全足够。谁想要费力地读完一整册枯燥无味的书呢?我想浅尝辄止,那便足够——绰绰有余了。我发现,有许多既活跃在绘画界又活跃在文学界的诚实的作者极其反对批评。他们是正确的。他们的作品与他的时代毫无知性上的联系。那些作品不会为我们带来新的愉悦,也不会揭示思想、情感和美的新启程。它们不该被提及,它们应该被遗忘。

欧内斯特:不过,我亲爱的朋友,抱歉打断你,在我看来,你对批评的热情把你带得太远了。因为毕竟,即便是你也必须承认,做一件事要比谈论它困难得多。

吉尔伯特:做一件事要比谈论它困难得多?完全不是这样。那是个普遍的严重错误。谈论一件事要远远比做一件事困难。在真实生活里,这是显而易见的。任何人都能创造历史,但唯有伟大的人才能书写历史。没有一种

[①] 此处作者运用了文字的谐音,前文的"misanthrope"(遁世者)意为厌恶人类的人,而后文的"womanthrope"(憎女者)意为厌恶女性的人。

行为方式，没有一种情感形式，我们是不能与低等动物分享的。而唯有运用语言，我们才能够超越它们，或超越彼此——语言，是思想的父母，而不是思想的孩子。事实上，行动总是容易的，当它以最严重的形式呈现在我们面前时——因为大多数形式总是接连不断的，我认为那真可谓是一种勤奋——它只是无事可做之人的避难所。不，欧内斯特，别谈论行动。它是依赖外界影响的盲目行为，被自己也不知道的天性冲动所支配。它是一种本质上不完整的事，因为受偶然的限制，并对自己的方向不知所以，总是与其目标背道而驰。它的根源是想象力的匮乏，是那些不知道如何做梦的人最后的手段。

欧内斯特：吉尔伯特，你仿佛把世界当作水晶球来看待。你将它握在手中，颠倒反转着以满足任性的幻想。除了重写历史外，你什么都没做。

吉尔伯特：我们对历史应承担的一个责任就是重写它。在为批评精神所准备的任务中，这可不是最微不足道的一项。当我们对支配生命的科学规律完全了然于心时，我们就会意识到，那个比梦想家更擅于幻想的人便是那个实际行动之人。事实上，他对于行动的起因抑或结果都不明就里。在那片他以为曾播种过荆棘的土地上，我们收获了葡萄，他为取悦我们而栽种的无花果树却似蓟般不结果实，还更为苦涩。人类正是因为从不曾明了他们要去向何方，才能找对自己的路。

欧内斯特：那么，你是认为在行动的领域中，有意识的目标是一种错觉吗？

吉尔伯特：比错觉还糟糕。如果我们活得足够长到能看到自己的行动结果的话，或许能看见那些自称为善良之人会在隐约的懊悔中害病，那些世人所谓的邪恶之徒会因高贵的乐趣而激动。我们所做的每一件微小的事都会进入生命巨大的转轮，它将我们高尚的德行碾碎成末，令其毫无价值，将我们的罪恶转换为一种新文明下的元素，比过往更非凡、更辉煌。但人类是文字的奴隶。他们大肆反对唯物主义——他们是这样称呼它的——却忘记了没有一项物质上的改进是无助于提升精神世界的，也忘记了几乎没有一种精神的觉醒不将世人的天赋耗费在无望的期待、徒然的抱负和空洞束缚的信念中。所谓的罪恶是前进的基本要素。没有它，世界将停滞不前，变得衰老或平淡无趣。罪恶以其好奇心丰富了种族的经历。它通过对个人主义的强烈主张将我们自千篇一律的类型中解脱出来。它否定流行的道德观念，而拥有更高的伦理标准。而至于德行！何为德行？勒南①先生告诉我们，自然对贞操不太在意，现代生活中的卢克丽霞②们免于被玷污，这或许应归功于抹大拉的玛丽亚③的羞愧，而非她们自身的纯洁。即使将慈善作为其宗教信仰正式组成部分的人也不得不承认，慈善引发了大量的罪恶。良知的存在，这种现今人们如此喋喋不休、如此盲目地引以为豪的能力，只不过是我们未完全发展的一种迹象。在我们日臻优秀之前，它必须与本能相融。自我否定仅仅是一种人类阻止自身进步的手段，自我牺牲则是野蛮人致残行为的残存，是那种古老的痛苦膜拜的一部分，那是世界史上一个如此可怕的因素，即便现在其受害者仍日日不绝，并依然在这片土地上设有祭坛。德行！谁知道德行是什么？你不知道，我也不知道，没有任何人知道。正是出于虚荣心，我们才处决罪犯，因为如果我们容忍他们活着，他或许会向我们指出我们能从他罪行中获得的收益。正是为了得其安宁，圣徒才会去殉道，以免看到他为之献身而得到的恐怖景象。

欧内斯特：吉尔伯特，你的话未免太刺耳了些。让我

---

① 欧内斯特·勒南（Ernest Renan, 1823—1892），法国哲学家、历史学家。
② 卢克丽霞（Lucretia），罗马传说中的贞妇。
③ 抹大拉的玛丽亚（Magdalen），原为《圣经》中的妓女，后改恶向善。

们回到更优雅的文学领域中吧。你刚才说过什么?谈论一件事要比做一件事更困难?

吉尔伯特(停顿片刻):是的,我相信是我斗胆指出了这个简单的事实。想必你现在知道我是正确的了吧?人在行动时是一个木偶,在叙述时则是一个诗人。所有的秘密全在于此。在多风的伊利昂①附近的沙地平原上,可以轻而易举地用上了色的弓射出有锯齿的箭,或向着兽皮和火焰状的黄铜盾牌掷出梣木柄的长矛。私通的王后为她的丈夫铺上推罗的地毯,而后当他躺在大理石浴池中时,便抛出紫色的网罩住他的头,叫她细皮嫩肉的情人透过网孔,刺穿那颗本该死在奥利斯的心脏,这不费吹灰之力。即使是安提戈涅②,死神等着做她的新郎,也很容易在正午穿过污浊的空气爬上山丘,向没有墓冢的可怜裸尸播撒仁慈的泥土。但那些写下这些事情的人又怎样呢?那些给予他们真实、令他们永生的人又怎样呢?难道他们不比那些他们为之歌唱的男男女女更伟大吗?"那个可爱的骑士赫克托耳③死了。"卢奇安告诉我们,在阴暗的冥界,墨尼

---

① 伊利昂(Illion),即特洛伊城。
② 安提戈涅(Antigone),古希腊悲剧作家索福克勒斯作品中的人物。
③ 赫克托耳(Hector),特洛伊的王子,普里阿摩斯的长子,帕里斯的哥哥,特洛伊战争中特洛伊方的统帅。

波斯是如何看到海伦的白骨，诧异于就是为了如此阴森的面目，所有那些角舰下水出征，身披战甲的英俊男人们被击倒，高耸的城池被夷为平地。然而，勒达那天鹅般的女儿[①]每天都出现在城垛上，俯视着战斗的动向。白胡子老人们惊叹于她的楚楚可人，她站在国王的身侧。在他褪色的象牙色的卧室里躺着她的情人，正在擦拭着他精致的甲胄，梳理上面猩红色的羽饰。她的丈夫[②]带着扈从和侍卫穿梭于一个个帐篷间。她能看到他亮泽的头发，听到或幻想自己听到他清晰而冷漠的嗓音。在下方的庭院中，普里阿摩斯的儿子正在扣紧他的黄铜胸甲。安德洛玛刻[③]白皙的双臂环绕着他的脖子。他将头盔放在地上，唯恐他们的婴孩受到惊吓。阿喀琉斯[④]坐在他帐阁的绣花幕帘后，穿着散发着芬芳的衣服，而与此同时，他情同手足的挚友身穿镀金银的马具，准备披挂上阵。从他的母亲忒提丝带到船边的一个奇特雕饰的箱子里，迈密登的国王拿出那个从

[①] 指前文提到的海伦，她是斯巴达王后勒达（Leda）与化为天鹅的宙斯所生的女儿，后引起了特洛伊战争。
[②] 海伦的丈夫为墨涅拉俄斯，前文提及的她的情人为帕里斯，两人为争夺海伦而战。
[③] 安德洛玛刻（Andromache），赫克托耳之妻，底比斯国王厄提昂之女，温柔善良，以对丈夫钟爱著称。
[④] 阿喀琉斯（Achilles），特洛伊战争中的半神英雄，海洋女神忒提丝（Thetis）和凡人英雄佩琉斯（Peleus）之子。

未触碰过嘴唇的神秘圣杯,以硫黄清洗它,以淡水冷却它,而后他洗净双手,在光亮的空杯内斟满黑葡萄酒,再将淳厚的葡萄酒洒向地面,以致敬那位多多纳赤足的先知们所膜拜的神,他向神祈祷,却并不知道他的祈祷是徒劳的,也不知道在两位来自特洛伊的骑士——潘托俄斯①的儿子欧福尔玻斯(他前额的鬈发以金饰圈拢),还有狮子心的普里阿摩斯人——手中,帕特罗克勒斯②,他伙伴中的伙伴,终将迎来他的毁灭。他们是幻觉吗?迷雾和山岳中的英雄?歌中的幻影?不,他们是真实的。行动!什么是行动?在它积聚力量的瞬间便消亡了。它是对现实卑劣的妥协。世界是歌者为梦想家而创造的。

欧内斯特:听你这么说的话,好像是这样的。

吉尔伯特:事实上就是如此。匍匐在特洛伊坍塌的城堡上的蜥蜴,看起来就像一件绿色的青铜器。猫头鹰在普里阿摩斯的宫殿中筑起了它的巢。在空旷的平原上,牧羊人带着他们的羊群四处游荡,在泛着波光的酒一般的(荷

---

① 潘托俄斯(Panthous),特洛伊元老之一。
② 帕特罗克勒斯(Patroclus),阿喀琉斯的密友,在特洛伊战争中,他将敌人们赶出营船,而后去追赶赫克托耳。赫克托耳在阿波罗无形的保护下同他交战,最后帕特罗克勒斯被击中身亡。

马称之为酒蓝色^①）海面上，达奈人有着铜制船首、绘着朱红色条纹的巨大战舰，自闪亮的新月中驶来，孤独地捕捉金枪鱼的渔夫独坐在他的小船上，注视着渔网上不断晃动的软木鱼漂。然而，每日清晨，城门被推开，勇士们或步行，或在双轮敞篷马车上投入战斗，在铁面罩下嘲笑他们的敌人。一整日激烈的战斗，夜晚降临时，帐篷旁的火把闪烁着，大厅上的号灯燃烧着。那些存在于大理石或油画板上的人们认为生命是仅有一次的精美瞬间，但其美却是真正永恒的，只是局限在一丝激情或一份平静的情绪之中。那些在诗人笔下活着的人们，有他们丰富多样的感情，喜悦或恐惧，勇敢或绝望，快乐或痛苦。时光在悲悲喜喜的场景中穿梭，岁月在他们面前或挥着翅膀轻轻掠过，或迈着沉重的步伐艰涩流逝。他们有他们的青年和成年时代，他们曾是孩童，而后老去。圣海伦娜总停留在黎明时分，正如委罗内塞[②]在窗边看到她时那样，天使们透过清晨寂静的空气给她带来上帝痛苦的象征，早晨凉爽的微风拂起她额头的金发。佛罗伦萨城郊的小山丘上，乔尔

---

① 原文为希腊文。
② 委罗内塞（Paolo Veronese，1528—1588），意大利威尼斯画派画家，前文提到的圣海伦娜是他的画作《梦中的圣海伦娜》中的人物。

乔内的情人们躺在那里，那里始终是正午，夏日烈阳照射下慵懒的正午，苗条的裸女几乎无法将透明玻璃的泡泡形圆壶浸入大理石水槽中，诗琴弹奏者修长的手指也闲散地停在了和弦上[①]。柯罗安放在法国银白杨树林中跳舞的仙女们则永远都在黄昏时分。她们在永恒的暮色中舞动，纤弱而轻盈，她们颤动的玉足似乎不曾触碰到脚下那被露水沾润的草地[②]。而那些徜徉在史诗、戏剧或浪漫故事中的人们透过艰辛劳碌的岁月看到月亮的阴晴圆缺，看着夜空自逐渐暗去到晨星初现，从日出到日落，注视着所有闪耀和昏暗的光阴更迭。为了他们，为了我们，花朵绽放又凋零，大地——柯勒律治称之为披着绿色头发的女神——为了取悦他们而变换着自己的衣装。雕像聚集了完美的瞬间。绘在画布上的形象不具备精神上成长或变化的要素。如果他们对死亡一无所知，那是因为他们对生命知之甚少，因为生命与死亡的秘密属于，也只属于那些受到时间的延续影响的人们，那些不仅拥有现在，还拥有将来的人们，他们能够在过往的荣耀和耻辱中起落沉浮。运动——视觉艺术的问题——唯有文学才能使其真正实现。正是文学向我们

---

① 指乔尔乔涅的《田园合奏》(*Pastoral Concert*)。
② 指柯罗的《林中仙女之舞》。

展示了肉体的迅捷和灵魂的骚动。

欧内斯特：没错，我现在明白你的意思了。不过，你将创造性艺术家的地位拔得越高，批评家的地位无疑就越低。

吉尔伯特：为什么会这样呢？

欧内斯特：因为他所能给予我们最好的东西，不过是对丰饶音乐的共鸣以及清晰轮廓背后的朦胧阴影而已。正如你告诉我的那样，生活实际上可能就是一团混乱的，它的牺牲是吝啬的，它的英雄精神也并不光彩。而这正是文学创作的功用所在，以真实存在的粗略素材塑造一个全新的世界，比我们所见的这个世界更为非凡、持久、真实，平凡的天性在其中试图实现自身的完美。但毫无疑问，如果这个新世界是出自一位伟大艺术家的灵性与润饰，那它将如此完美无缺，以至于没有什么能留给批评家去做的了。我现在非常理解，而且绝对欣然承认，谈论一件事要远比做一件事困难得多。这句透彻而明智的箴言确实极能抚慰人们的情绪，它应该被世界各地的每一个文学院奉为座右铭，但在我看来，它只适用于艺术与生活之间的关系，而不适用于艺术与批评之间可能存在的任何关系。

吉尔伯特：但无疑，批评本身就是一种艺术。正如艺术创造蕴含着批评才能的运用一样，事实上若没有批评才能，艺术创造便全然是不存在的，因此从"批评"这个词最深奥的意义上而言，它确实是创造性的。事实上，批评既是创造性的，又是独立自主的。

欧内斯特：独立自主的？

吉尔伯特：是的，独立自主的。与诗人或雕塑家的作品一样，批评也不再以任何模仿或类似的低标准来评判。批评家与其所评论的艺术作品间的关系，就像艺术家与形式和色彩的视觉世界，或激情与思想的无形世界间的关系一样。他甚至不需要最好的材料来完善他的艺术，任何材料都能满足他的目的。在鲁昂附近的一个肮脏村庄扬维尔·拉巴耶，住着一位矮小的乡村医生，他愚蠢老婆的那段丑陋而感伤的风流韵事被居斯塔夫·福楼拜借以创作了一部经典，一种风格的杰作。因此，从具备极少或毫无重要性的题材中，比如今年皇家美术院的画作，或任意年度的皇家美术院的画作、路易斯·莫里斯[①]先生的诗歌、奥内特[②]先生的小说，或者亨利·阿瑟·琼斯[③]的戏剧，真正

[①] 路易斯·莫里斯（Lewis Morris, 1833—1907），英国诗人。
[②] 奥内特（Georges Ohnet, 1848—1918），法国小说家。
[③] 亨利·阿瑟·琼斯（Henry Arthur Jones, 1851—1929），英国戏剧家。

的批评家如果乐于运用或浪费他深思熟虑的才能的话，他便能够以精妙的才智创作出在美和直觉上都完美无瑕的作品。为什么不能呢？对辉煌而言，黯淡永远都是一种不可遏止的诱惑，而愚蠢则永远是一头自洞穴中呼唤智慧的野兽。对于一个像批评家一样具备创造力的艺术家来说，题材有什么要紧？对小说家和画家而言也同样如此。跟他们一样，他到处都能找到他的主题。而如何运用则是一项考验，没有什么题材是不蕴藏着建议或挑战的。

欧内斯特：但批评真的是一种创造性的艺术吗？

吉尔伯特：它为什么就不是呢？它以素材为基础，将之以一种全新又令人愉快的方式呈现。诗歌又比这多了什么呢？事实上，我认为批评是一种创造中的创造。那些伟大的艺术家——从荷马和埃斯库罗斯[①]到莎士比亚和济慈——都并非直接到生活中取材，而是从神话、传说和古代故事中寻求题材。批评家也像他们一样，他们所使用的素材，从某种程度上来说，是他人已经为其精炼过，已经为其增添了想象的形式和色彩外衣的素材。此外，更重要的是，我要说作为一种个人印象最纯粹的表达，最高超的

---

① 埃斯库罗斯（Aeschylus，前525—前456），古希腊悲剧诗人。

批评以其自有的方式比创造更具创造性，因为它鲜少参照任何自身之外的标准，事实上，它就是自身存在的理由，如同希腊人所说的那样，它本身便是目的。当然，它从未被任何貌似真实的镣铐所束缚。没有对可能性做低劣的体谅，没有对乏味重复的家庭或公共生活做懦弱的妥协，这些都未曾影响到它。人们可能会不满虚构而召唤现实，但于灵魂而言，不存在这样的辩说。

欧内斯特：于灵魂而言？

吉尔伯特：是的，于灵魂而言。那是真正最高超的批评，是对自身灵魂的记载。它比历史更引人入胜，因为它关注的仅仅是自己。它比哲学更令人愉快，因为它的主题是具象而非抽象的，是真实而非含混的。它是唯以自传砌成的文明，因为它不涉及事件，而只关乎个人生活的思想；不涉及生活中那些行为或境遇的现实事件，而只关乎精神状态和头脑中富含想象的情感。我总是被如今那些作家和艺术家们的愚蠢和自负逗乐，他们似乎认为，批评家的主要职责就是谈论他们的二流作品。对于多数现代创造性艺术最好的说法，也只是它相较现实而言没那么庸俗而已，因此，批评家凭借敏锐的辨别能力以及对微妙精致确信的本能，更倾向于透过银镜或编织的面纱来观察，将视线自现实生活的混乱和喧嚣中移开,即便那银镜是黯淡的,那面纱是破损的。他仅有的目的只是去记录自己的印象。画是为他而绘,书是为他而撰,大理石也是为他而雕琢成形。

欧内斯特:我好像听到过另一种关于批评的理论。

吉尔伯特:是的。是有人这么说过,我们所有人都对他宽厚的印象满怀敬意,他吹奏的乐曲曾将普洛塞庇娜[①]自西西里岛的田野上引诱而来,令她那雪白的双足绝非徒劳地撩拨卡姆纳的樱草,他说批评的正确目的在于观察物体自身的本质。但这是一个非常严重的错误,对批评最完美的形式缺乏认知。批评的本质完全是主观的,是试图去揭示自身内在的奥秘,而非其他外在的奥秘。因而最高超的批评不是将艺术作为一种表达,而纯粹是将其作为一种印象。

欧内斯特:但那真是如此吗?

吉尔伯特:当然是这样。谁在乎罗斯金先生对透纳的观点是否明智?这有什么关系?他那恢宏磅礴的散文、壮丽的辞藻是如此炽烈而满富激情,精心编撰的交响乐是如

---

① 普洛塞庇娜(Proserpina),罗马神话中普路托的妻子,冥府的女王。

此强烈,在他的杰作中,措辞和修饰的精妙选择又是如此确信而毋庸置疑,至少也可堪称是一件伟大的艺术作品,就像悬挂在英格兰画廊里的那些破损画布上褪色或衰朽的美妙落日一样;实际上,这要更伟大,人们有时更愿意认为,不仅是因为它毫不逊色的美更持久,而且还因为其感染力丰富多样,灵魂在那些长韵律的诗行中对话,不单单是通过形式和色彩(尽管通过这些,确实完整而毫无缺陷),而且还依托理性和感性的言辞,高尚的情感和更崇高的思想,富有想象的领悟力和诗意的目的;我始终认为这要更伟大,如同文学是更伟大的艺术一样。又有谁会在意佩特先生对蒙娜丽莎倾注了哪些莱昂纳多[①]也未曾想过的意义?就像有些人想的那样,画家或许只是一个古老微笑的阶下囚,但当我走进卢浮宫凉爽的展馆,驻足在那"坐在四周奇石环绕的大理石座椅上,好似在海底的微光中"的陌生画像面前时,我总会喃喃自语:"她比她置身其中的岩石还要古老;她像吸血鬼一样,经历了无数次的死亡并知晓了墓穴的秘密;她潜于深海中,铭记海底衰朽的岁月;她还曾与东方商人交易稀有的织物;作为勒达,

---

[①] 莱昂纳多,即达·芬奇(Leonardo da Vinci,1452—1519)。

她是特洛伊的海伦的母亲,作为圣安妮,她是圣母马利亚的母亲;这些对她而言,不过是里拉琴和长笛的乐声,她只存于雅致之中,她用这雅致勾勒变幻的脸庞,轻染眼睑和双手。"我对我的朋友说:"她如此不可思议地自水边而现,表现的是千余年来人们想方设法所渴望的韵味。"他回答我说:"她的头像是'天涯海角的人心归向',她的眼睑透露着些许疲倦。"

因此,这幅画对我们来说变得比真正的它更美妙,并向我们揭示了一个事实上连它也一无所知的秘密,那神秘诗文所奏的乐章在我们听来就像长笛吹奏者的曲调一样甜美,那笛声为乔康达夫人的双唇赋以微妙而狡黠的弧线。你问我,如果有人告诉莱昂纳多"世界上所有的思想和经历都被蚀刻并塑造在这幅画中,它们令其精练而使外在形式更具表现力,有希腊的兽性,有罗马的欲望,有中世纪的遐想与其精神抱负和想象的爱,有异教世界的回归以及波吉亚家族①的罪恶",他会怎样回答?他很可能会回答说,他根本没有考虑过这些事情,他自己只是专注于线

---

① 波吉亚家族是15和16世纪影响整个欧洲的西班牙裔意大利贵族家庭,是一个被财富、阴谋、毒药、乱伦的阴影笼罩着的家族。但同时,他们对艺术的支持,也使得文艺复兴在那个时代得以迅速发展。

条和块面的某些布局，还有新鲜而别致的色彩——那蓝色和绿色的融合。正是出于这样的原因，我引用的那些批评才是最高超的那类批评。它将艺术作品简单地当作一种全新创作的起点。它并不局限于自身——让我们至少暂时这样设想——去发现艺术家的真实意图，并将其视为最终的目的。在这里它是正确的，因为任何美好创作的意义，至少其在观赏者的灵魂中，是毫不亚于其在创造者的灵魂中的。不，更确切地说，是观赏者赋予美好事物丰富的意义，令它对我们而言无与伦比，并使之与时代建立某种新的关联，从而成为我们生命中至关重要的一部分，一种我们祈求的象征，又或许是一种我们祈求过但又害怕会得到的事物的象征。欧内斯特，我研究的时间越长，我就越清晰地意识到，视觉艺术的美就像音乐的美一样，首先要给人深刻的印象，而它可能会因为艺术家任何过度的知性上的意图而受损，事实上也经常如此。因为当一件作品完成时，可以说它本身就有了独立的生命，可以诉说远远多于艺术家本置于其中并借以表达的东西。有时，当我听到《汤豪塞》[①]的序曲时，我似乎真的看到那个清秀的骑士

[①]《汤豪塞》(Tannhauser)，理查德·瓦格纳的三幕歌剧。

优雅地踏在鲜花满布的草地上,听到维纳斯自山丘洞窟中呼唤他的声音。但也有时候,它向我倾诉千余件不同的事情,可能是关于我自己的,关于我自己的生活,或关于他人的生活,那些爱过又对爱情厌倦的人,抑或关于人们已知的激情,以及人们因一无所知而追寻的激情。今晚,它或许使一个人沉浸在那种不可能的阿格那达翁[①]的爱情之中,那不可能的情感疯狂地降临到许多自认为安全且远离伤害的人们身上,他们被这无穷的欲望之毒雾时袭倒,在对那些他们或许不可得的事物的无限追求中变得虚弱、昏厥或蹒跚。到了第二天,就像亚里士多德和柏拉图告诉我们的那样,音乐,希腊那壮丽的多利安音乐,它能够承担医师的职责,提供给我们止痛药,治愈受伤的心灵,"使灵魂与所有美好的事物和谐共处"。音乐的真谛是所有艺术的真谛。美就像人的情绪一样蕴含众多意义。美是象征的象征。美揭示一切,因为它从不表达。当它向我们展示它自己时,在我们面前的是整个炽烈色彩的世界。

欧内斯特:但你刚刚提到的那种作品真的是批评吗?

吉尔伯特:那是最高超的批评,因为它批评的不只是

[①] 原文为希腊文。

个别的艺术作品，更是美本身，它以惊叹填满形式，那形式可能是艺术家欲言又止的，或不理解的，或不完全理解的。

欧内斯特：那最高超的批评要比创造更具创造性，而批评家的主要目的是洞察到事物远非如此的本质，我想这就是你的理论，对吗？

吉尔伯特：没错，这就是我的理论。对批评家来说，艺术作品只是他自己新作品的一种启迪，没有必要与它所批评的事物有任何明显的相似之处。美好形式的一个特点就是，人们可以将任何自己期盼的东西加注其中，看到任何自己想看到的东西；美赋予了创造它的普遍性与审美要素，使批评家转而成了创造者，它低语着上千种不同的事物，而那些并不存在于那个凿蚀塑像、着色画板、雕琢宝石的人的脑海之中。

有时，那些既不了解最高超批评的本质，又不理解最高超艺术的魅力的人说，批评家最乐于评论的是绘画逸事的那类作品，以及文学或历史中所涉及的那类场景的画作。但事实并不是这样的。其实这类作品太易于理解了。它们与插图同属一个级别，甚至从这个方面来考虑都是失败的，因为它们没有触发想象力，却还为想象设定了明确的界限。因为正如我之前所说，画家的领域与诗人的领域大不相同。属于后者的，是丰富而绝对完整的生活，不仅仅是人们眼见的美，还有人们耳听的美；不仅仅是形式片刻的优美或色彩短暂的欢愉，还有整个感官领域和思想的完美循环。而画家所受的束缚之甚，唯有通过肉体的假面，他才能告知我们灵魂的奥秘；唯有通过传统的形象，他才能触碰思想；唯有通过有形的对等物，他才能表达心理。然而他确实多么力难胜任，要求我们为了奥赛罗高贵的盛怒而接纳摩尔人撕裂的头巾，或是将在暴风雨中的老糊涂看作李尔王野性的癫狂！然而似乎好像没什么能够阻止他。我们大多数年长的英国画家将他们邪恶又虚度的生命用来在诗人的领域内偷猎，以笨拙的处理手法来破坏他们的主题，企图以视觉的形式或色彩表现无形的奇迹、看不见的壮观。自然而然，他们的作品沉闷得令人无法忍受。他们将无形艺术贬低成了显而易见的艺术，而显而易见的东西是不值得一看的。我并不是说诗人和画家不可能表达同样的主题。他们一直是这样做的，而且将来也会始终如此。但诗人能够选择是否运用绘画，而画家则自始至终必须绘画。因此画家是受限的，不是受限于他在自然中所看见的东西，而是受限于他在画布上的那些表达。

所以，我亲爱的欧内斯特，这类画作是不会真正吸引批评家的。他会将视线自这些作品转向那能令他沉思、梦想和幻想的作品，转向那具有微妙启迪特质的作品，它们似乎告诉人们，即使是从它们那儿也能够逃往一个更广阔的世界。有时人们说，艺术家人生的悲剧在于无法实现自己的理想。但真正的悲剧在于，羁绊住大部分艺术家脚步的是他们过于绝对地实现了自己的理想。因为当理想实现时，它就被剥夺了奇妙和神秘，仅仅变成自身之外另一个理想的新起点。这便是为何音乐是最完美的艺术类型的原因。音乐永远都无法透露它的终极秘密。这也是对艺术中的"束缚"所具备的价值的解释。雕塑家宁愿放弃模仿色彩，画家则宁愿放弃外形实际的大小，因为这种摒弃，他们得以避免过于明确地呈现真实，那仅仅是一种模仿，也避免了对理想的实现过于肯定，那是过度纯粹的理性。正是由于自身的不完整，艺术才在美中变得完整，因此，它不向识别能力和理解能力致敬，而唯独向审美意识致敬。虽然审美意识接受识别和理解作为领悟的阶段，但它又令这两者都服从于将艺术作品作为一个整体来看待的纯粹综合印象，它摄取了作品可能拥有的任何不相容的情感要素，利用它们的极端复杂性为手段，或许能将一种更为丰富的统一性添加到自己的最终印象中去。那么，你看，美学批评家是如何拒绝了这些显而易见的艺术形式的，它们只有一个信息要表达，而表达了信息之后，它们就变得愚钝而呆板，他们更愿意去寻求那些具有遐想和态度启示的形式，以其富于想象力的美令所有的诠释都成真，却又不将任何一项作为不可更改的最终诠释。毫无疑问，批评家的创作作品与激发其去创作的那件作品有某种相似之处，然而这种相似性不是自然与镜子——风景画或肖像画家被认为应当举着镜子来映照自然——之间存在的相似，而是自然与装饰艺术家作品之间的相似。就像在没有花朵的波斯地毯上，郁金香和玫瑰逼真地绽放，看起来颇为美丽，尽管它们不是以可见的形状或线条再现的；就像珍珠和海贝的紫色映现在威尼斯的圣马可教堂中；就像拉文纳[①]那座令人惊叹的教堂的拱形天顶，被孔雀尾羽上的金色、绿色和蓝宝石色装饰得璀璨绚丽，尽管朱诺[②]的鸟儿并未飞掠过它，因此批评家以一种绝不模仿的方式再现他所批评的作品，其部分魅力或许正在于对相似性的拒绝，它以这种方式不仅向我们展示了美的意义，还有美的奥秘，此

[①] 拉文纳（Ravenna），意大利北部城市，以保有古罗马特别是东罗马帝国时期的建筑遗迹著称，拥有"意大利的拜占庭"之美誉。
[②] 朱诺（Juno），罗马神话中的天后，婚姻和母性之神。

外，将每一种艺术转换为文学，一劳永逸地解决了各类艺术相通的问题。

我看该是用晚餐的时间了。在我们品尝一些香贝丹[①]红酒和秧鸡后，我们再继续讨论批评家被当作阐释者的问题吧。

欧内斯特：啊！那么你承认，批评家有时也可能看到事物在其本身中的真正本质。

吉尔伯特：我不太确定。或许晚餐后我会承认。晚餐有一种微妙的影响。

---

① 香贝丹（Chambertin），法国夜丘区面积最大的红酒村。

作为艺术家的批评家
——闲论畅所欲言的重要性
THE CRITIC AS ARTIST
WITH SOME REMARKS UPON
THE IMPORTANCE OF DISCUSSING
EVERYTHING

对话

第二部分

人物：同上
场景：同上

欧内斯特：秧鸡很美味，香贝丹也很完美，现在让我们回到争论的焦点上来吧。

吉尔伯特：啊！我们还是别再争论了。闲谈应该畅所欲言，而不应只针对一个问题。让我们聊聊"道德愤慨：它的起因与应对"，这是我想写的一个主题；或者聊聊"忒耳西忒斯①的幸存",就像英国漫画报刊上的一样;也可以说说任何随时想到的话题。

欧内斯特:不,我想继续探讨批评家和批评。你刚才已经说过,最高超的批评不将艺术看作表达性的,而纯粹将其视为印象性的,因而它既是创造性的,又是独立自主的,确切来说,它本身就是一种艺术,它与创造性作品之间的关系,就像创造性作品与形式和色彩的视觉世界,或激情与思想的无形世界之间的关系一样。那好,现在告诉我,批评家有时难道不是一个真正的阐释者吗?

吉尔伯特:没错,如果批评家愿意的话,他会是个阐释者。他可以略过对艺术作品整体上的综合印象,而对其本身进行分析或阐述,在这个较基础的领域(就我所认为的),还有许多令人愉快的事物可说可做。但他的目标并不总是阐述艺术作品。他或许更愿意去强化它的神秘,在它以及它的创作者周围渲染起一层奇妙的迷雾,那迷雾对神和崇拜者都同样珍贵。普通人"在锡安②极为安闲自在"。他们打算与诗人们手挽手,并以一种轻浮无知的方式表示

---

① 忒耳西忒斯(Thersites),荷马史诗《伊利亚特》中的士兵,相貌丑陋,爱挑剔漫骂,后为阿喀琉斯所杀。
② 锡安(Zion),耶路撒冷的一个迦南要塞,在犹太教的圣典里,锡安是耶和华居住之地。

"我们为什么要读那些关于莎士比亚和弥尔顿的评论呢？我们能够读戏剧和诗歌，那便足够了"。但正如已故的林肯学院院长曾经评论的那样，能欣赏弥尔顿是对精湛学识的回报。真正想要理解莎士比亚的人，他必须了解莎士比亚与文艺复兴和宗教改革间的关系，了解他与伊丽莎白时代和詹姆斯时代的关系；他必须熟知旧古典形式与新浪漫精神之间、西德尼①、丹尼尔②、约翰逊学派和马洛③及其伟大后裔的学派之间争权夺位的历史；他必须知道莎士比亚随意把控的素材，以及这些素材的使用方式，知道十六和十七世纪戏剧表演的环境，以及这些环境的局限和自主的可能性，还要知道莎士比亚时代的文学批评的目的、方式和准则；他必须学习英语这门语言的发展过程，以及无韵诗和押韵诗变化多端的演化；他必须研究希腊戏剧，以及《阿伽门农》④创作者和《麦克白》⑤创作者在艺术方面的关联。总而言之，他必须能够将伊丽莎白时代的伦敦和伯里克利时期的雅典紧密联系起来，必须熟习莎士比亚在欧

---

① 菲利普·西德尼爵士（Sir Philip Sidney，1554—1586），英国诗人、学者、政治家。
② 塞缪尔·丹尼尔（Samuel Daniel，1562—1619），英国诗人、戏剧家、评论家。
③ 克里斯托弗·马洛（Christopher Marlowe，1564—1593），英国诗人、剧作家。
④《阿伽门农》（*Agamemnon*），古希腊悲剧诗人埃斯库罗斯的作品。
⑤《麦克白》（*Macbeth*），英国剧作家莎士比亚的作品。

洲和世界戏剧史中的真正地位。批评家自然会是一个阐释者，但他不会把艺术当作谜团重重的斯芬克斯①，它浅显的秘密可能被那个双脚负伤、不知道自己姓名的人猜中并揭示。相反，他会将艺术视为女神，增强她的神秘感是他的职责，令她的威严在人们看来更非凡是他的特权。

然而，欧内斯特，这便发生了奇怪的事情。批评家确实成了阐释者，但他不仅仅是一个只会以另一种形式重复那些别人借其口来述说的阐释者。唯有通过与外国艺术的交流，一个国家的艺术才能获得我们称之为民族性的、个体而独立的生命，因而，出乎意料地将其反向来看，唯有通过增强他自己的个性，批评家才能诠释他人的个性和作品，他的这种个性在阐释时越深刻，其阐释也就越真实、越令人满意、越具有说服力、越准确。

欧内斯特：我本来认为个性是一个令人不安的因素。

吉尔伯特：不，它是一种启示性的因素。如果你想要了解别人，就必须增强自己的个性。

欧内斯特：那而后是什么结果呢？

吉尔伯特：我来告诉你，或许最好用明确的例子来告

---

① 斯芬克斯（Sphinx），源于古埃及神话，在各文明神话中的形象和含义各有不同，古埃及第四王朝法老斯芬克斯的形象建造了一座石像，后世称为狮身人面像。

诉你。在我看来，文学批评家毫无疑问是第一位的，因为他们涵盖更广泛的领域、更宽阔的视野、更高尚的素材，但从某种程度上来说，每一种艺术都被指派了一个批评家。演员是戏剧的批评家，他以其独有的方式在新的环境下展现诗人的作品。他体味书面的语言，而后以自己的行为、姿态、声音来传达这种启示。歌手或弹奏诗琴和维奥尔琴的演奏者是音乐的批评家。一幅画的蚀刻师摒弃了它美丽的色彩，但通过对新材质的运用向我们展现了作品真正的色彩品质、格调和价值，以及它各个块面间的关联，因此他以自己的方式成了它的批评家，因为批评家是一个以不同于作品本身的形式向我们展现艺术作品的人，而对新材质的运用是一个既关键又富有创造性的要素。雕塑也有自己的批评家，可能是像希腊时期那样的宝石雕琢师，或者是一些像曼特尼亚①这样的画家，他们试图在画布上再现塑形线条的美以及列队浅浮雕的和谐庄严②。在所有这些富有创造性的艺术批评家的例子中，显而易见，个性对任何真正的阐释来说都是不可或缺的。当鲁宾斯坦③弹奏

---

① 安德烈亚·曼特尼亚（Andrea Mantegna，1431—1506），意大利画家。
② 指曼特尼亚的《将西布莉介绍给罗马》，该画刻意模仿了罗马雕塑的效果。
③ 安东·鲁宾斯坦（Anton Rubinstein，1829—1894），俄罗斯犹太裔音乐家、作曲家、钢琴家。

贝多芬的《热情奏鸣曲》时，他呈现的不仅是贝多芬，还有他自己，也因此向我们展现了一个十足的贝多芬——以其丰厚的艺术天性重新诠释了的贝多芬，他凭借全新而强烈的个性向我们表达了鲜活与精彩。他自身的个性融入成为其阐释的重要部分。人们有时候说，演员给予我们的，是他们自己的而非莎士比亚的哈姆雷特；但我要遗憾地说，这个谬论——因为这是一个谬论——是那位迷人而优雅的作家所重申的，近来他为了追寻下议院的宁静而舍弃了文学的骚乱，我说的是《附论》①的作者。事实上，根本就没有莎士比亚的哈姆雷特。如果哈姆雷特有艺术作品的某种明确性，那么他就有所有属于生命的晦涩。有多少忧愁，就有多少个哈姆雷特。

欧内斯特：有多少忧愁，就有多少个哈姆雷特？

吉尔伯特：没错。因为艺术源于个性，所以唯有个性才能让艺术得以展现，这两者的碰撞诞生了正确的阐释批评。

欧内斯特：那么，作为阐释者的批评家，他的给予将不少于他的索取，他出借的与他借用的同样多吗？

---

① 《附论》（*Obiter Dicta*），英国作家和政治家奥古斯丁·比勒尔（Augustine Birrell，1850—1933）的作品。

吉尔伯特：他将始终向我们展现艺术作品与我们这个时代的某些新的关联。他将一如既往地提醒我们，那些伟大的艺术作品是有生命的——事实上，它们是唯一活着的事物。我敢肯定他会如此真切地感受到，随着文明的进步，我们变得更有组织性，每个时代的选择精神——那具有批判性又富有涵养的精神会对现实生活越来越缺乏兴趣，他们将几乎完全从艺术所触及之处去探求获取他们的印象。因为生活在形式上是极为不足的。它的灾难总以错误的方式降临到错误的人身上。它的喜剧有着荒诞的恐惧，它的悲剧似乎又总以闹剧告终。人们接近它时总深受其害。事情要么没完没了，要么戛然而止。

欧内斯特：可怜的生活！可怜的人生！难道你就没有被泪水所感动过吗？罗马诗人告诉我们泪水是生活本质的一部分。

吉尔伯特：我恐怕太容易深受感动了。因为当一个人回首生活时，心潮澎湃中那些分外鲜明、充满陶醉或喜悦的炽烈时刻，这一切似乎就像一场梦、一个幻想。何为虚幻之事，不过是人们曾经为之烈火般燃烧的激情。何为不可思议之事，不过是人们虔诚坚信的事物。何为不可能之事，不过是人们独当一面所完成的事。不，欧内斯特，生活就像操纵木偶的大师，以影子欺骗我们。我们向它索求快乐，它便给我们快乐，附带着苦涩和失望。我们遇到些许高尚的悲伤，以为那会为我们的时代带来悲剧般的高贵尊严，但它却自我们身边悄然流逝，取而代之的是那些没那么高尚的事情。我们遇到了一些高贵的悲伤，本以为那会为我们的生活带来悲剧般的高贵尊严，但它却从我们身边消失了，取而代之的是不那么高贵的东西。在某个灰蒙蒙、起风的黎明，或在某个寂静、银光闪烁、香气四溢的前夕，我们发现自己带着冷漠的迷惑，或麻木的石头般的心，望着我们曾疯狂爱慕过、亲吻过的那缕金色头发。

欧内斯特：那生活是一种失败吗？

吉尔伯特：从艺术的角度来看的话，当然是的。从艺术的角度来说，令生活失败的首要原因正是为生活带来卑劣安全感的东西，是人们永远无法如实再现相同情感这一事实。艺术世界是多么不同啊！你身后书柜的架子上放着一本《神曲》，我知道如果把它翻到某一页，我会对某个从未对我不好的人怀有强烈的憎恶，或者对一个素昧平生的人萌发巨大的爱意。没有什么情绪或激情是艺术无法给予我们的，而我们中那些洞察到艺术奥秘的人可以预设我们未来的经历。我们可以选择自己的日子和时间。我们可以对自己说:"次日,拂晓时,我们与神情凝重的维吉尔一同穿过死亡阴影笼罩下的山谷。"瞧!黎明在幽暗的树林中发现了我们,曼图亚①人站在我们的身边。我们穿过传说中那毁灭性的希望之门,怀着遗憾和喜悦注视着另一个世界的恐怖。伪善者路过,带着他们精心描画的假面以及镀金的铅制风帽。淫欲者从无休止驱赶着他们的风中看着我们,我们凝视着异教徒撕裂他的血肉之躯,注视着暴食者被雨水抽打。我们折下哈耳庇埃②树林里干枯的树枝,每根灰暗的毒枝杈都在我们面前流淌着鲜红的血,痛苦地喧嚷哭喊着。奥德修斯在火焰之角对着我们说话,当伟大的吉伯林③党人自他燃烧的坟墓中坐起时,他战胜棺木折磨的骄傲在刹那间感染了我们。那些以自身罪恶之美沾染世界的人在昏暗的紫色空中飞翔,在令人憎恶的疾病深渊中,躺着伪币制造者阿达莫·迪·布雷西亚,他遭受着水肿折磨,浮肿的身体像一把骇人的诗琴。他邀请我们倾听他的痛苦,我们驻足而立,他张开干涩开裂的双唇向我们

---

① 曼图亚(Mantua),位于意大利北部波河(Po)北岸,是上文提到的诗人、作家维吉尔的出生地。
② 哈耳庇埃(Harpies),鸟身女妖,是神祇派来折磨菲纽斯(Phineus)的人,宙斯使菲纽斯失去视力,只要食物出现,哈耳庇埃们就俯冲下去,把食物抢走。
③ 吉伯林(Ghibelline),中世纪时期意大利的政治派别。

诉说，他是如何夜以继日地梦见那清澈的溪流沿着清凉露湿的沟渠倾涌至苍翠的卡森丁群山中。特洛伊城中那个撒谎的希腊人西农嘲笑他，他猛击了西农的脸，他们就此争执起来。我们耽于他们的羞耻，徘徊不前，直到维吉尔指责了我们，指引我们远离，并走向那座巨人们建造起塔楼的城市，伟大的宁录①在那里吹奏他的号角。可怕的事情即将降临到我们身上，我们穿着但丁的衣服，以但丁的心迎向它们。我们横渡冥河的沼泽，阿根蒂在泥浆般的波浪中游向小船。他呼唤我们，而我们没有理睬。我们因听到他痛苦的声音而高兴，维吉尔也称赞了我们对苦楚的蔑视。我们踏在科库托斯河②的冰面上，背叛者就像玻璃中的麦秆一样被黏滞其中。我们的脚踢到了博卡的头。他不告诉我们他的名字，我们便从那尖叫的头颅上扯下一撮一撮的头发。阿尔贝里戈祈求我们打碎他脸上的冰，让他可以哭泣一会儿。我们向他做出保证，而当他倾诉了他悲惨的故事后，我们又违背了刚刚许下的诺言，从他面前离去；这样残忍的行为事实上还是颇为有礼的，因为还能有谁比怜悯上帝所谴责的人更卑鄙呢？在撒旦的嘴中，我们看见

---

① 宁录（Nimrod），传说中的国王，被誉为世上英雄之首。
② 科库托斯（Cocytus），叹息之河，是冥河中的一条。

了那个出卖基督的人，看见了那个残杀恺撒的人。我们颤抖着，再次出来仰望星辰。

净化之地的空气更为自由，圣山高耸至白昼纯洁的光芒中。我们得以拥有了宁静，对那些在那里生活过一段时间的人来说，也同样拥有着些许宁静。皮娅女士①自我们面前走过，尽管她因沼泽瘴气的毒害而脸色苍白，还有伊斯墨涅也在那里，尘世的悲伤依然萦绕着她。一个接一个的灵魂让我们分担那些忏悔或分享那些喜悦。他——他遗孀的哀伤教会他品尝甘甜苦艾酒的苦涩——告诉我们，奈拉在她孤独的床上祈祷，而我们从布昂康特的口中得知，一滴眼泪如何能从恶魔手中拯救一个濒死的罪人。索尔戴洛，那个高贵而倨傲的伦巴第人，像仰头伏卧的狮子般自远方注视着我们。当他得知维吉尔是曼图亚的市民时，便猛然扑向他的脖子，当他得知他是罗马的歌者时，便又臣服于他的脚下。在山谷中，草地和花朵比开裂的翡翠和印度树林更美丽，比猩红和银白更鲜亮，他们歌唱着，那些人都曾是尘世的国王；但哈普斯堡的鲁道夫的嘴唇并未随着众人的音乐而动，法国的菲利普捶击着自己的胸膛，英

---

① La Pia，皮娅生于西纳（Sieha），嫁给奈罗（Vello），奈罗怀疑她不贞，派人将她杀死于城堡中。《神曲》中，皮娅的灵魂向但丁和维吉尔诉说。——编者注

国的亨利独自坐着。我们连续不断地前行,攀上那神奇的天阶,繁星变得比它们惯常时还要大,国王们的歌声逐渐远去,我们终抵七棵金树和尘世天堂的花园。有个人出现在狮鹫战车上,额头缠绕着橄榄枝,脸上蒙着白色面纱,披着绿色斗篷,身穿烈焰般色彩的长袍。古老的火焰在我们体内苏醒。我们的血液在可怕的脉搏中加速穿梭。我们认出了她。那是比雅特丽斯,那个我们景仰的女人。凝结在心中的冰融化了。痛苦的泪水夺眶而出,我们前额触地,因为我们深知我们是有罪的。我们赎罪以得到心灵的洗涤,饮下忘川之水,在尤诺泉中净浴,我们灵魂的女主人引领我们飞升至天堂。从那颗永恒的珍珠——月亮——中,庇加达·多纳蒂的脸转向我们。她的美貌一时困扰了我们,在她似东西落水般消失时,我们以渴望的目光追随着她。甜蜜的太白星上满是情侣。在那里,有伊泽林的妹妹,索尔代洛的心上人库尼扎,有普罗旺斯热情的歌手福尔科,他因阿扎莱而悲痛,抛却了尘世;还有迦南妓女,她的灵魂最先被基督救赎。弗洛拉的约阿希姆站在阳光下,阿奎那[①]也在阳光下讲述圣方济各的故事,还

---

① 托马斯·阿奎那(Thomas Aquinas,约1225—1274),中世纪经院哲学的哲学家、神学家。

有博纳文图尔在讲述圣多明我的故事。卡嘉归达穿过火星天上燃烧着的红宝石光芒走近。他告诉我们那箭是自流放之弓射出，别人的面包尝起来是怎样的咸味，以及陌生人家的楼梯是多么的陡峭。在土星天，灵魂并不歌唱，即使是指引我们的她也不苟言笑。在黄金梯子上，烈焰时起时落。最终，我们看到了神秘玫瑰的盛景。比雅特丽斯注视着上帝的脸庞，眼睛一动不动。我们看见这降临的幸福幻象，知道正是爱令太阳和所有的星辰运转。

是的，我们可以让地球倒转六百年，使我们与伟大的佛罗伦萨人身处同一时代，与他跪在同一个圣坛前，分享他的狂喜与轻蔑。如果我们对过往的时代厌倦了，渴望认识我们自己这个沉迷于一切疲惫和罪恶中的时代，难道就没有什么书能让我们在一个小时内所经历的生活比可耻地生活几十年更丰富的吗？你手边放着一本小册子，封面的装订是尼罗河绿，上面涂刻着镀金的睡莲，并以坚硬的象牙打磨平滑。那是戈蒂耶钟爱的书，波德莱尔的杰作。翻至那篇《忧伤的情歌》[①]，起首是：

[①] 收录于波德莱尔的《恶之花》中，原文为法文，在此引用钱春绮先生的译文。

我可不在乎你怎样聪慧。

只要你美丽！尽管你伤心！

你会发现自己崇拜忧伤，就像自己从未崇拜过喜悦一样。翻到那首讲述自我折磨的人的诗，让它微妙的乐章潜入你的大脑，为你的思想涂抹上色彩，你会瞬间变成他——那个写诗的人；不，那不只是一时的，而是在许多个月光皎洁的空寂夜晚和没有阳光的烦闷白昼，一种不是你自己的绝望栖息在心中，他人的痛苦噬咬着你的心灵。读完整本书，让它即便只将其中一个秘密向你的灵魂诉说，你的灵魂便会渴求知道更多，它会以有毒的蜂蜜为食，企图忏悔自己无辜的奇怪罪行，为它一无所知的可怕欢乐赎罪。然后，当你厌倦了这些邪恶之花，转向生长在帕蒂妲花园中的花朵，让那露水浸润的杯状花冷却你滚烫的额头，并让它们的可爱治愈你的灵魂；或者将那个善良的叙利亚人梅利埃格[①]从他被遗忘的墓穴中唤醒，令赫利奥多尔的爱人为你奏乐，因为他的歌声中有花朵，有绽

---

① 梅利埃格又称墨勒阿革洛斯（Meleager），希腊神话中著名的英雄之一，卡吕冬国王俄纽斯和王后阿尔泰亚之子是狩猎卡吕冬野猪活动的发起者。他为把野猪送给女英雄阿塔兰忒，杀死了自己的两个舅舅而被母亲所杀。

放的红石榴花,有散发着没药芳香的鸢尾花,有环状水仙和深蓝色的风信子,还有墨角兰和皱巴巴的牛眼菊。他所珍爱的是夜间豆田的清香,是叙利亚山上长出的芳香满溢的穗状甘松香,是清新的绿百里香,以及酒杯的魔力。他的情人在花园中散步时,她的双足就像百合中的百合。她的双唇比慵懒的罂粟花瓣更柔软,散发着紫罗兰的浓郁香味,又比紫罗兰更轻柔。火焰般的藏红花自草丛中跃身注视着她;纤细的水仙花为她贮存清凉的雨水;银莲花为她忘却了西西里向它求爱的风。而藏红花也好,水仙花也好,银莲花也罢,都不及她的美丽。

这种情感的转移是一件奇怪的事情。我们与诗人患上了同样的病,歌手把他的痛苦给了我们。失去生命的双唇能向我们传达信息,落为尘土的心灵也可以传达他们的喜悦。我们跑去亲吻芳汀①渗血的嘴,我们随着曼侬·莱斯科②走遍整个世界。推罗人疯狂的爱属于我们,俄瑞斯忒斯③的恐惧也属于我们。没有我们无法感受到的激情,没有我们

---

① 芳汀(Fantine),《悲惨世界》中女主角珂赛特的母亲。
② 曼侬·莱斯科(Manon Lescaut),普莱沃同名作品的主角。
③ 俄瑞斯忒斯(Orestes),希腊神话人物,古希腊远征特洛伊的统帅阿伽门农的儿子。阿伽门农被妻子克吕泰涅斯特拉及其情人埃吉斯托斯杀死,俄瑞斯忒斯替父报仇,成为一代英雄。

无法满足的快乐，我们可以选择开始的时刻，也可以选择自由的时刻。生活啊！生活！不要让我们为了成就感或经历而去生活。生活被环境所制约，它的言辞支离破碎，也没有形式和精神之间的完美呼应，而那正是唯一能满足艺术和批评气质的东西。生活让我们为它的货物付出高昂的代价，我们则以巨大而无法估量的价格换取了它最卑贱的秘密。

欧内斯特：那我们应该到艺术中寻找一切吗？

吉尔伯特：是的，寻找一切。因为艺术不会伤害我们。我们为戏剧落下的泪是一种微妙而无价值的情绪，艺术的作用正是去唤醒它。我们哭泣，但我们并未受伤。我们伤心，但我们的悲伤并不痛苦。正如斯宾诺莎曾经说过的，在人们实际的生活中，悲伤是走向仅次于完美的那条通道。但是，允许我再次引用伟大的希腊艺术批评家的话，艺术向我们倾注的悲伤，既富含净化又蕴藏激发。通过艺术，也唯有通过艺术，我们才得以实现自己的完美；通过艺术，也唯有通过艺术，我们才能保护自己免于堕入现实存在的卑劣危境。这不仅是因为人们能够想象的一切都不值得去做，以及人们可以想象任何的事情，而且还因为一个微妙的规律，即情感的力量就像物理领域的力量一样，受到程度和能量的限制。人们能感受到的就是那么些，不会再多了。如果在那些从未存在过的人们的生活景象中，人们发现了喜悦的真正奥秘，为那些永不会逝去的人们的死亡而哭泣，就像考狄利娅①，就像勃拉班修的女儿②，那生活试图引诱人们的那些快乐，或者摧残粉碎人们灵魂的那些痛苦，又算得了什么呢？

欧内斯特：等一下。在我看来，你所说的每句话在根本上都有一些不道德的东西。

吉尔伯特：所有的艺术都是不道德的。

欧内斯特：所有的艺术？

吉尔伯特：是的。因为为情感而情感是艺术的目的，为行动而情感是生活的目的，也是我们称之为社会的这个生活实践组织的目的。社会是道德的起点和基础，只是为了聚集人类的能量而存在，为确保它自身的持续和健康稳定，它要求（这种要求无疑是恰当的）它的每个公民都应该为了共同的幸福贡献某些形式的生产劳动，并辛勤劳作以完成每日的工作。社会时常宽恕罪犯，却从不原谅梦想家。艺术在我们心中激发的美丽而无价值

---

① 考狄利娅（Cordelia），莎士比亚戏剧《李尔王》中李尔王的小女儿。
② 即莎士比亚戏剧《奥赛罗》中的苔丝狄蒙娜。

的情感在社会的眼中是可恨的，人们完全被这种可怕的社会理想的暴政所支配，他们总是无耻地在绘画预展和其他对公众开放的地方不请自来，以一种洪亮的声音喧嚷"你在干什么？"，然而，"你在想什么？"应是任何一个有教养的人被允许向他人轻声吐露的唯一问题。毫无疑问，他们出于善意，这些诚实的喜眉笑眼的人们。或许这就是他们如此乏味的原因。但是，有人应该教导他们，虽然从社会的层面来看，沉思是任何公民都会犯下的最严重的罪行，但从最高度文明的角度来看，沉思是人类的正当职业。

欧内斯特：沉思？

吉尔伯特：是的，沉思。我刚才对你说过，谈论一件事要比做一件事困难得多。现在让我告诉你，无所事事绝对是世界上最困难的事，最困难也是最有才智的事。对于对智慧充满激情的柏拉图而言，这是活力最高贵的形式。对于对知识充满激情的亚里士多德而言，这也是活力最高贵的形式。正是对神圣的激情引领着中世纪的圣徒和神秘主义者们。

欧内斯特：我们存在，然后，无所事事？

吉尔伯特：上帝的子民存在就是为了无所事事。行动是有限和相对的。而那个安逸闲坐并观察的人，那个走在孤独和梦想中的人，他的幻想是无限制和绝对的。但是，我们生在这个美好时代的末期都太有修养、太有判断力、太机智，又太好奇雅致的愉悦，以至于我们不能放弃生活本身而去接受任何关于生活的臆想。对我们来说，"天主之城"是无色的，"神性享有"毫无意义。形而上学无法满足我们的秉性，沉迷宗教业已过时。经院哲学家成为"所有时代和所有存在的观察者"的那个世界并非一个真正理想的世界，而仅仅是一个抽象理念的世界。当我们走进它时，我们便会在冰冷的数学思维中挨饿。天主之城的法庭现在还不向我们开放，它的大门由无知守护，要通过它们，我们必须放弃自己天性中最非凡的一切。我们的祖先相信便已足够了。他们耗尽了我们这个物种信仰的能力，遗留给我们的是他们所害怕的怀疑主义。如果他们将之辅以文字表达，它或许就不会像思想一样存于我们心中了。不，欧内斯特，不。我们不能再回到圣徒时代，从罪人身上可以学到更多。我们不能再回到哲学家那里，神秘主义者只会将我们引入歧途。正如佩特先生曾说的那样，谁会将一片玫瑰花叶的曲线与柏拉图高度评价的无形的、难以形容的存在来交换呢？斐洛①的启迪、埃克哈特②的深渊、伯麦③的幻象、斯威登堡④的盲眼中显露的丑陋天堂本身对我们来说又算得了什么呢？这些比不上田野中一朵喇叭形的黄水仙，更比不上最平庸的视觉艺术，因为正如大自然是挣扎着闯入心灵的物质一样，艺术是在物质条件下表达自我的思想，因此，即便是在她最底层的表达中，她都同样既对意识又对灵魂述说。含糊，对于美学气质而言总是令人不快的。希腊是一个艺术家的民族，因为他们摒弃了无法衡量的意识。就像亚里士多德，像研究了康德之后的歌德，我们渴求具体，且唯有具体的东西才能满足我们。

欧内斯特：那么，你有些什么建议呢？

吉尔伯特：在我看来，随着批评精神的发展，我们应该不仅认识自己的生活，还应认识整个种族的集体生活，从而使我们自己完全地现代化，真正意义上的现代化。因为，认为现在就只是现在的人对他所处的时代是一无所知

---

① 斐洛·尤迪厄斯 (Philo Judaeus，约前20—约50)，亚历山大里亚学派犹太人宗教哲学的主要代表。
② 埃克哈特（Eckhart，1260—1327），中世纪哲学家。
③ 雅各布·伯麦（Jakob Bohme，1575—1624），德国哲学家。
④ 斯威登堡（Emanuel Swedenborg，1688—1772），瑞典科学家、哲学家。

的。要了解十九世纪，就必须知晓它之前的以及对其形成有促进作用的每个世纪。要了解自身，就必须明白他人的一切。绝不存在人们无法产生共鸣的情绪，也绝不存在人们无法赋之以活力的、死气沉沉的生活模式。这不可能吗？我不这么认为。通过向我们揭示所有行为的绝对机制，从而令我们摆脱自我强加的、束缚下的道德责任的重担，遗传的科学原理，在某种程度上已经成为沉思生活的保证。它已经向我们表明了，当我们试图行动的时候，从来都是没有多少自由的。它用猎人的网围住我们，在墙上书写我们厄运的预言。我们可能看不到它，因为它就藏匿于我们心中；我们可能瞧不见它，除非是在一面能映照出灵魂的镜子中。它是未戴面具的复仇女神，是命运女神中的最后一个，也是最可怕的一个。它是我们唯一知道其真实姓名的神。

然而，在现实和外在生活的范畴里，它掠夺了自己自由和选择的活力，在灵魂工作的主观领域中，它来到我们身边，这可怕的阴影手上捧着许多礼物，有奇特的性情和敏锐的直觉，有狂野的热情和无动于衷的冷漠态度，有相互矛盾的复杂多样的思想以及它们自我抗争的激情。因此，我们经历的不是我们自己的生命，而是逝者的生命，在我们体内的灵魂，不是单一的精神实体，它令我们变得个人化、独特化，它被创造出来为我们服务，并为了我们的愉悦而进入我们体内。它是那种在可怕的地方栖身，以古老的墓穴为家的东西。它患有多种疾病，有着不寻常罪行的记忆。它比我们聪明，它的智慧充满愤怒与仇恨。它用不可能的欲望填满我们，让我们去追随那些明知不可企及的东西。然而，欧内斯特，有一件事是它能为我们做的。它能引领我们远离那些环境，那环境中的美因熟悉的迷雾遮蔽而黯淡，或者那环境中卑劣的丑恶和无耻的主张正在毁坏我们发展中的完善。它能帮助我们离开我们出生的时代而去到其他时代中，令我们发现自己并没有从它们的气息中被放逐。它能教会我们如何脱离自己的经验，并去体会那些比我们更伟大之人的经验。莱奥帕尔迪[①]对生命的痛哭成了我们的痛苦。忒奥克里托斯[②]吹奏他的长笛，我们用仙女和牧羊人的双唇欢笑。我们披着皮埃尔·维达尔[③]的狼皮，在猎犬前奔跑，我们穿着兰斯洛特[④]的盔甲，

---

① 贾科莫·莱奥帕尔迪（Giacomo Leopardi，1798—1837），意大利著名浪漫主义诗人。
② 忒奥克里托斯（Theocritus，约前310—前250），古希腊诗人，田园诗的创始人。
③ 皮埃尔·维达尔（Pierre Vidal，约1200），法国行吟歌手。
④ 兰斯洛特（Lancelot），亚瑟王传说中伟大的圆桌骑士，但他与亚瑟王王后的恋情最终导致了圆桌的崩溃。

驭马离开王后的寝殿。我们在阿伯拉①的风帽下耳语着爱的秘密,我们穿着维庸②满是污痕的衣服,将羞耻谱进歌中。我们可以透过雪莱的眼睛看到黎明,当我们与恩底弥翁③漫步时,月亮也爱恋着我们的青春。阿提斯的痛苦是我们的,那个丹麦人④脆弱的愤怒和高贵的悲伤也是我们的。你认为是想象力让我们经历这些数不尽的生命吗?是的,是想象力,而想象力是遗传的结果。它只不过是种族经验的浓缩。

欧内斯特:但是在这其中,批评精神的作用在哪里呢?

吉尔伯特:这种种族经验的沿袭使文化成为可能,仅仅通过批评精神便能令其得以完善,甚至可以说与批评精神融为一体。谁才是真正的批评家?唯有那个以自身承载无数代人的梦想、观念和感情的人才是。对他而言,没有一种思想形式是陌生的,没有一种感情冲动是费解的。谁才是真正的文化人?不就是那个以渊博的学识和严谨的摈

---

① 彼得·阿伯拉(Peter Abelard, 1079—1142),法国神学家、经院哲学家。
② 弗朗索瓦·维庸(Francois Villon, 约1431—1474),法国中世纪抒情诗人。
③ 恩底弥翁(Endymion),希腊神话中的美男子、牧羊人,其最著名的传说是与月亮女神塞勒涅(Selene)的恋情。
④ 这里的丹麦人指哈姆雷特。

弃令其天赋享有自觉和才智的人，他能够区分杰出和平庸的作品，通过关联和对比，深谙风格与流派的秘密，他理解它们的价值，倾听它们的声音，展露客观的求知精神——那是真正的根源，是智性生活真正的花朵——从而达到才智的清明。他研究了那些"世界上为人所知和为人所思中最好的东西"，并与那些不朽的人共同生活——这么说并非空想。

是的，欧内斯特。沉思的生活，这种生活的目的不是"做"，而是"存在"，而且不仅仅是"存在"，还要"成为"——那正是批评精神能给予我们的。神祇们是这样生活的：要么像亚里士多德告诉我们的那样，为自身的完美而沉思，要么像伊壁鸠鲁①想的那样，以旁观者冷静的目光注视着他们所创造的世界的悲喜剧。我们也可以像他们那样生活，以自己恰如其分的情感目睹人类和自然展现的形形色色的景象。我们可以通过脱离行动而令自身精神化，可以拒绝活力而令自身完美。我时常觉得布朗宁对这有些感觉。莎士比亚把哈姆雷特置入积极的生活中，让他通过努力实现自身的使命。布朗宁或许能带给我们一个通

---

① 伊壁鸠鲁（Epicurus，前341—前270），古希腊哲学家、无神论者。

过思想实现自身使命的哈姆雷特。变故和事件在他看来都是虚幻无意义的，他将灵魂塑造为生命悲剧的主角，将行动视为戏剧中一个缺乏戏剧性的元素。无论如何，对我们来说，沉思的生活才是真正的理想。从思想的高塔上我们可以眺望世界。美学批评家冷静、以自我为中心、完整地沉思着生活，胡乱射来的箭没有一支能刺穿他马具的接合处。他至少是安全的。他发现了如何去生活。

这种生活方式是不道德的？是的，除了那些色情和说教艺术的低劣形式，它们试图激发邪恶或善良的行为，此外的所有艺术都是不道德的。因为每一种行动都属于道德的范畴。艺术的目的只是去引发一种情绪。这种生活方式是不切实际的？啊！要像无知的市侩之徒所想象的那样做到不切实际并非易事。如果是这样的话，对英国来说倒是件好事。世界上没有哪个国家比我们这个国家更需要不切实际的人了。我们与生俱来的思想因其与现实不断的联系而退化。那些在现实生活的压力和混乱中前行的人，聒噪的政客，或喧嚷的社会改革者，或可怜的心胸狭隘的牧师，他被一些无足轻重之徒的痛苦所蒙蔽，而他还曾为之殚精竭虑，这些人谁能严肃地宣称可以对任何一件事形成客观而智性的判断？每一项职业都意味着一种偏见。对职业的需求迫使每个人都有所偏袒。我们生活在一个工作过度且教育不足的时代，一个人们如此忙碌以至于变得极其愚昧的时代，而且，尽管听起来很刺耳，我还是禁不住要说，这些人理应遭逢他们的劫难。对生活一无所知的确切方式是努力让自己成为有用的人。

欧内斯特：真是一个迷人的学说，吉尔伯特。

吉尔伯特：对此我不是很确定，但它至少有一个小小的优点，即真实。善待他人的欲望造就了一大群"道学先生"，而这只是它导致的最轻微的恶行。道学先生是非常有趣的心理研究对象，尽管在所有的姿态中，道德的姿势最令人反感，但能有一个姿势也是有意义的。它正式承认了以一种明确而合理的角度去看待生命的重要性。人道主义的同情为确保失败的存在而与本性抗争，科学家们或许会憎恶这肤浅的品德。政治经济学家或许会大声疾呼，反对它将毫无远见和未雨绸缪置于同一水平从而掠夺了最强者的生活，因为极度的贪婪能刺激工业发展。但在思想家看来，情感的同情所带来的真正危害在于它对知识的限制，从而阻碍我们解决任何一个社会问题。我们目前正试图借救济金和施舍金避开即将来临的危机，我那些费边主义者的朋友称之为即将来临的改革。好吧，当改革或危机来临时，我们将无能为力，因为我们对一切都一无所知。所以，欧内斯特，我们不要被蒙骗。直到英国将乌托邦纳入她的管辖，英国才会是文明的国度。为了一片如此美好的土地，她有不止一块殖民地能做出于己有利的交换。我们需要的是那些不切实际的人，他们能看到超越当下的未来，能思索超越当代的思想。那些企图领导人们的人，只能跟随暴民才能达成自己的目的。正是通过人们在荒野中呼喊的声音，诸神的道路才得以铺成。

但是，或许你会认为，仅仅为了观看的乐趣而去观看，为了沉思而去沉思，这里有一些自我中心的东西。如果你是这么想的，请不要这么说。要神化自我牺牲，需要一个完全自我的时代，就像我们身处的这个时代。要让美好的才智德行超越那些图谋眼前实际利益的肤浅而感性的德行，需要一个极度贪婪的时代，就像我们生活的这个时代。我们这个时代的慈善家和多愁善感者们总在喋喋不休地向他人谈论其对邻居的责任，他们也错失了自己的目标。因为种族的发展取决于个人的发展，在人们不再将自我修养视为理想的地方，才智水平会立刻降低，而且最终往往会荡然无存。如果你在晚宴上遇见一个毕生都致力于自我教育的人——我承认，这在我们这个时代极为罕见，但偶尔也还是能碰到——从餐桌旁起身时，你变得更充裕了，意识到一个崇高的理想刹那间触动并净化了你的岁月。哦！但是，我亲爱的欧内斯特，如果坐在一个毕生都试图教育他人的人身旁，那会是多么可怕的经历啊！无知，是乐于向他人灌输自己观念这一毁灭性秉性所带来的不可避免的后果，这多么骇人听闻！这人的思维空间被证明是多么狭隘！他以无休止的反复和病态的重申令我们多么疲惫，也必然令他自己疲惫不堪！他在才智成长的各个方面都是多么匮乏！他始终行经在怎样的恶性循环中啊！

欧内斯特：你说话的感觉有些奇怪，吉尔伯特。你最近有过这种你所说的可怕经历吗？

吉尔伯特：几乎没有人能逃脱。人们说教师很离谱，我但愿如此。毕竟，他只是那类代表中的一个，而且无疑是最微不足道的一个，但是在我看来，他实际上支配着我们的生活；就像慈善家是道德领域中令人厌烦的人一样，才智领域中令人厌烦的，是那些忙于试图教育他人以至于都没有时间自我学习的人。不，欧内斯特，自我修养是人类真正的理想。歌德看到了这点，他给予我们的实际恩惠比自希腊时代以来的任何人给予我们的都更多。希腊人看到了这点，作为他们流传给现代思想的遗产，他们将沉思生活的设想以及批评方式流传给我们，哪怕仅仅通过批评方式，也能领悟真正的生活。正是自我修养令文艺复兴变得伟大，并给予了我们人文精神。也正是自我修养可以使我们的时代变得伟大，因为英国真正的弱点不在于没那么完善的军备或未设防的海岸，不在于蔓延在昏暗小巷中的贫困，或者在令人厌烦的法庭上喧闹的醉汉，而只在于一个事实——她的理想是感性的，而非智性的。

我不否认智性的理想是难以实现的，更不否认或许在未来若干年中，它都不会受大众欢迎。人们太容易同情苦难，而又太难以同情思想了。事实上，普通人对思想的真谛知之甚少，以至于他们似乎认为，当他们说一个理论危险时，他们已经断言了它的罪责，但是，只有这种理论才有真正的智性价值。一个不危险的理想根本不配被称为理想。

欧内斯特：吉尔伯特，你把我搞糊涂了。你刚才说过，所有的艺术从本质上而言都是不道德的。现在你是要告诉我，所有的思想从本质上而言都是危险的吗？

吉尔伯特：没错，在现实范畴内就是这样。社会的保障取决于习俗和无意识的本能，而社会作为一个健全的有机体，其稳定的基础在于它的成员完全缺乏任何才智。绝大多数人完全明白这点，他们自然而然地站到了辉煌体系的这边，这体系将他们抬升到与机器同等尊严的高度，他们对才智能力侵入与生活相关的任何问题都激烈地感到震怒，以至于诱使人们将人类定义为理性动物，但当被要求按照理性的指示行事时，却又总是大发雷霆。但让我们别再想现实范畴了，别再谈论那些险恶的慈善家了，或许真应该把他们留给黄河边睿智的庄子——那个长着杏仁眼的圣人去处置，他已经验证了，这种善意而无礼的好管闲事摧毁了人类本身淳朴而自发的美德。这个话题令人厌倦，我想赶紧回到那个批评可以随心所欲的领域中去。

欧内斯特：才智的领域？

吉尔伯特：是的。记得我说过，批评家以自己的方式与艺术家同样具有创造性，艺术家作品所存在的价值可能仅仅是为批评家提供一些新的思想和情感的启发，批评家可以用同等甚或更伟大的不同形式来展现它，并且运用新奇的表现手法令其呈现出不同的美，从而更完美。哦，你似乎对这个理论有所怀疑。又或许是我错怪了你？

欧内斯特：我对此并非真的怀疑，但我必须承认，我非常强烈地感觉到，你所描述的批评家创作的那种作品——毫无疑问，必须承认那种作品是创造性的——不可避免地是完全主观的，然而最杰出的作品总是客观的，客观而不带个人色彩的。

吉尔伯特：作品客观和主观的区别仅仅是外在形式的不同。这种不同是偶然的，不是本质的。一切艺术的创作都是绝对主观的。柯罗所看到的风景，正如他自己所说，不过是他自己的一种心境而已；而在我们看来，那些希腊或英国戏剧中的伟大人物除了塑造和造就他们的诗人之外，好似拥有自己真实的存在，但深究下去，他们不过是诗人自己，不是他们想象中的自己，而是他们想象中并非自己的自己；在那样的想象下，奇特的方式随之而来，尽管只是一瞬间，但确是如此，因为我们永远无法超越自己，作品中也不会蕴含创作者所没有的东西。不仅如此，我认为一件作品所呈现的越客观，它实际上便越主观。莎士比亚或许在伦敦白色的街道上遇见过罗森克兰茨和吉尔登斯特恩[①]，或许在露天广场上看到过敌对家族的仆人们咬着指头互相挑衅，但哈姆雷特却自他的灵魂中诞生，罗密欧则自他的激情中诞生。他们是他本性的一部分，他赋

---

① 罗森克兰茨（Rosencrantz）和吉尔登斯特恩（Guildenstern），均为《哈姆雷特》中的人物。

予其可见的形式，他的内心激起了如此强烈的冲动，使他不得不（也可以说是必须）令他们释放出自己的力量，不是在较低的现实生活的层面上——在那里，他们势必被束缚、被限制，从而变得有所缺憾，而是在富有想象力的艺术层面上——在那里，爱确实能在死亡中觅得它无尽的满足感，在那里，人们能够刺伤躲在挂毯后的窃听者，能够在新造的坟墓前搏斗，能够让一个有罪的国王饮下他自酿的苦酒，能够在朦胧的月光下看见祖辈的灵魂披坚执锐地在薄雾弥漫的城墙上潜行。如果行动受到限制，莎士比亚会感到失望而无从表达；而且，如同他正是由于无所事事而大有所得一样，也正是由于他从未在戏剧中向我们诉说自己，他的戏剧才能向我们完全地展露自己，远比那些奇特而精致的十四行诗更为全面地展现他真正的天性与气质，尽管在十四行诗中，他也向那些慧眼们揭示了他藏匿心中的秘密。是的，客观形式在内容上是最主观的。当人们作为自己娓娓而谈时，他最不像是那个本身的自己。给他一张面具，他便会向你倾诉真相。

欧内斯特：那么，批评家在主观形式的束缚下无疑不如艺术家那样能充分地表达自己，因为艺术家总能随意运用客观而不带个人色彩的形式。

吉尔伯特：未必，如果他能认识到每一种批评形式在最上层的发展阶段都仅仅是一种情绪，而且当我们自相矛盾时，我们才是最为真实的自己。美学批评家只坚持一切事物都蕴含美的原则，始终在寻找全新的印象，他从各类流派中获取它们魅力的奥秘，他或许会在国外的圣坛前鞠躬，如果他愿意的话，或者会对陌生的、新出现的神微笑。他人所谓的某个人的过往，毫无疑问一切都与他人有关，却唯独与那个某人无甚关联。一个珍视自己过往的人不配拥有可期盼的未来。当人们找到了一种情绪的表达时，他便已完成了这种表达。你笑了，但相信我，就是如此。昨天，是现实主义迷住了人们，人们从中获得了新奇的震撼，而那正是它形成的目的。人们分析它，解释它，随后又厌倦了它。日落时分，绘画中的光明画派出现了，随之而来的还有诗歌中的象征主义和中世纪精神，那精神不是时代的，而是气质的，在受挫的俄国猛然苏醒，那蕴含痛苦的可怕魅力一瞬间刺激了我们。而今天，则为了浪漫呼喊，山谷中的树叶已经在战栗，美以纤细的镀金双足漫步在紫色山巅。当然，陈旧形式的创作依然游移不去。艺术家们乏味地反复再现自己，或是互相复制。但批评永远在前行，批评家始终在成长。

同样，批评家也并非真的局限于主观的表达形式。戏剧和史诗的手法都可为他所用。他可以运用对话，就像他让弥尔顿和马韦尔①讨论喜剧和悲剧的本质，让西德尼和布鲁克勋爵②在彭舒尔特橡树下谈论文学一样；他也可以选用叙述，那是佩特先生所擅长的，借着虚构小说的幌子，他的每一幅"虚构肖像"——这不正是那本书的书名吗？③——都向我们展现了一些美妙而雅致的评论段落，一篇是关于画家华多的，另一篇是关于斯宾诺莎的哲学的，第三幅是关于文艺复兴早期的异教元素，最后一幅在某些方面最具启发性，是关于启蒙运动的起源，它始于上世纪的德国，对我们的文化大有启迪。当然，对话，这种美妙的文学形式，从柏拉图到卢奇安，从卢奇安到乔尔丹诺·布鲁诺④，从布鲁诺到那个让卡莱尔如此喜爱的伟大的老异教徒，始终被世上富有创造性的批评家所运用，对于这些思想家来说，它作为一种表达方式的吸引力永远不曾丧失。通过这种方式，他既能展现自己又能隐藏自己，并

---

① 马韦尔（Andrew Marvel，1621—1678），英国诗人。
② 布鲁克勋爵（Lord Brooke，1554—1628），英国作家、政治家。
③ 指佩特的著作之一《虚构肖像》。
④ 乔尔丹诺·布鲁诺（Giordano Bruno，1548—1600），文艺复兴时期意大利思想家、自然科学家、哲学家和文学家。

给每一种幻想以形式，赋予每一种情绪以现实。通过这种方式，他还可以从各个角度展现对象，更全面地为我们呈现，就像雕塑家表现的那样，以这种方式获得所有丰富而真实的效果，这效果来自中心思想在其发展进程中无意间触及的那些枝节问题，而这些问题事实上又会令思想得到更完整的阐释，或者这些问题来自妥帖的深思熟虑，这深思熟虑为中心体系提供了更充分的完整性，同时还传达了一些可能性的微妙魅力。

欧内斯特：通过这种方式，他也可以编造出一个想象的对手，在他选择那些荒谬而诡辩的论点时改变他。

吉尔伯特：啊！改变别人如此容易，但改变自己却如此艰难。为了使人们真正相信某种事物，就必须借他人之口来述说。要明白真理，人们必须想象出无数的谎言。所以，真理是什么？就宗教而言，真理只是留存下来的观点。就科学而言，它是终极的感知。就艺术而言，它是一个人连绵不断的情绪。现在你看，欧内斯特，批评家与艺术家拥有同样多的客观的表达形式。罗斯金将他的批评纳入富含想象的散文中，他的灵活应变和反驳无与伦比；布朗宁将他的批评纳入无韵诗中，令画家和诗人向我们吐露他们的秘密；勒南先生使用对话，佩特先生则运用小说，罗塞蒂将乔尔乔内的色彩和安格尔[①]的构图以及他自己的构图与色彩转换为十四行诗的乐音，他凭借一个拥有多种表达方式的人的天赋感受到终极的艺术是文学，最优美最完善的介质是文字。

欧内斯特：好吧，既然你已经阐明了批评家得以随意运用一切客观形式的理由，我希望你能告诉我，什么才是真正的批评家所应具备的特征品质呢？

吉尔伯特：你认为他们应是怎样的？

欧内斯特：嗯，我认为批评家最首要的应是公正不阿。

吉尔伯特：啊！没法公正。一个批评家无法做到一般意义上的公正。人们只有对那些不感兴趣的事情才能给出真正不偏不倚的意见，这无疑正是无偏见的意见总是毫无价值可言的原因。一个能看到事情正反两面的人是根本什么都看不到的人。艺术是一种激情，在艺术这一领域，思想不可避免地被情感所染，因而是灵活变幻而非凝滞的，它取决于细致的情绪和微妙的瞬间，不能被局限为僵化的科学公式或神学信条。艺术是与灵魂在对话，而灵魂则可能成为头脑和躯体的囚徒。当然，一个人本不该有所偏

---

① 让-奥古斯特·多米尼克·安格尔（Jean-Auguste Dominique Ingres，1780—1867），法国新古典主义画家、美学理论家和教育家。

见,但正如一个伟大的法国人百年之前曾说的那样,在这类事情上有所偏好是个人自己的权利,而当一个人有所偏好时,便不再是公正不阿的了。只有拍卖商才会平等公正地赞赏所有的艺术流派。不,公正不是真正的批评家所应具备的品质,它甚至都不是批评的前提。我们所接触的每一种艺术形式都会暂时占据我们,而将其他任何形式驱逐在外。如果我们想要知晓它的奥秘的话,就必须完全沉醉于作品中,无论它是怎样的。在那期间,我们必须什么都不想,实际上,也根本无法去想其他任何的事。

欧内斯特:不管怎样,真正的批评家将会是理性的,不是吗?

吉尔伯特:理性?有两种厌恶艺术的方式,欧内斯特。一种是不喜欢它,另一种则是以理性的方式去喜欢它。柏拉图曾不无遗憾地表示,艺术在听者和观者中引发了一场绝妙的疯狂。它不来自于灵感,而是借灵感予以他人。理性不是它所企求的天赋。如果一个人极其热爱艺术,那他对艺术的酷爱必然远远超越世上一切其他的事物,而理性,如果听从它的话,它便会高声呼喊着反对这种热爱。对美的崇拜没有什么理智可言。它太过美好,让人无法保持理智。在世人看来,那些以它为生命主导的人永远都是纯粹的空想家。

欧内斯特：嗯，至少批评家应该是真诚的。

吉尔伯特：少许的真诚是危险的，而大量的真诚则绝对是致命的。诚然，真正的批评家对美的原则的挚爱自始至终都是真诚的，但他会在每个时代、每个流派中寻觅美，而且他绝不会容忍并局限于任何既定的思想习俗和刻板老套地看待事物的方式。他会在多种形式中借助一千种不同的方式来认识自我，并永远对全新的感知和新奇的观点充满好奇。经由接连不断的变化，也唯有通过接连不断的变化，他将寻得自身真正的统一。他不会容许自己成为自身观点的奴隶。因为在才智的范畴内，如果说智慧不是运动着的话，还能是怎样的呢？思想的本质，正如同生命的本质一样，是成长。欧内斯特，你别被言语吓到。人们所谓的不真诚，不过是一种我们得以成倍增长自身个性的方式而已。

欧内斯特：恐怕我刚才所提的想法都不怎么走运。

吉尔伯特：在你刚才提及的三个品质中，真诚和公正这两项，即便不属于真正的道德范畴，也至少位于道德的边缘，而批评的首要条件是，批评家应当意识到，艺术领域和伦理领域是完全截然不同而各自独立的。一旦这两者混淆，混乱便又会卷土而来。现今的英国太容易将其混淆，虽然我们现代的清教徒无法去摧毁一件美的事物，然而，凭借他们非同一般的渴盼，他们几乎一度玷污了美。我不无遗憾地说，这些人正是借由新闻业找到了表达的方式。我为此遗憾是因为我本对现代新闻业有诸多赞美之词，它将那些未受教育者的观点告知我们，使我们领略社会中的无知。它仔细记录了当代生活中的新近事件，向我们表明这些事件实际上是多么微不足道。它一如既往地谈论着不值一提的事物，令我们明白了什么是文化所必需的，什么不是。但它不该允许卑劣的答尔丢夫[①]撰写关于现代艺术的文章。当它这样做时，便使自己显得愚蠢荒谬。然而，答尔丢夫的文章和查得本[②]的记述至少也有些益处，它们表明，伦理和道德考量声称能施加影响的领域是何其有限。科学在道德不可企及之处，因为她始终注视着永恒的真理。艺术在道德不可企及之处，因为她始终注视着那些美丽、不朽且千变万化的事物，因为道德所辖的是较低层同时又较愚钝的领域。然而，对这些夸夸其谈的清教徒

[①] 答尔丢夫（Tartuffe），法国喜剧作家莫里哀所作喜剧《伪君子》中的主人公。
[②] 查得本（Chadband），英国批判现实主义小说家查尔斯·狄更斯所著小说《荒凉山庄》中的人物，指伪君子。

们，还是随他们去吧，他们也有其滑稽的一面。当一个平庸的记者严正地提出要限制艺术家选取的题材时，谁能不觉得可笑呢？我们的有些报刊和报刊作家们或许才应该受到一些限制，而且我希望能够尽快。因为他们给我们的是生活中那些赤裸裸的、污秽的、令人作呕的事实。他们以恬不知耻的贪婪记录下二流人物的罪行，以文盲的责任心为我们呈现那些完全令人兴味索然的人们准确而寡淡的细节。可是艺术家，他接受生活中的事实，再将之转换为美的形态，令它们成为怜悯和敬畏的手段，展现它们的色彩元素、奇妙之处以及真正的伦理意义，并从中构建了一个比现实本身更为真实的世界，拥有更崇高更高贵的意义——谁会要来限制他呢？不能是新派新闻业的鼓吹者，那些新闻业不过是更显而易见的老套和粗俗。不能是新清教主义的信奉者，那不过是伪君子的哀鸣，其书写和言论都相当拙劣，就连建议都很荒谬。我们别管这些阴险的人了，还是继续谈论一个真正的批评家必须具备的艺术特质吧。

欧内斯特：究竟是什么特质？告诉我你的想法吧。

吉尔伯特：气质是批评家最根本且不可或缺的——一种对美，以及对美赋予我们的不同印象都极为敏感的气质。我们目前不讨论这种气质是在何种条件下、以何种方式作用于种族或个体的。留意到它的存在便已足够,我们自身有一种美感,它脱离于其他感官,且凌驾于其他感官之上,它脱离于理性,又具备更崇高的意义,它脱离于灵魂,但又有着与其同等的价值——它能引导一些人去创造,而让另一些人——我认为那些是更美好的心灵——浸浴在沉思之中。但是要想获得净化与完善,这种感知需要某种形式的雅致环境。否则,它便会挨饿,变得麻木愚钝。你应该记得,柏拉图在那篇优美的文章中讲述了一个年轻的希腊人应当如何接受教育,他以怎样的坚持详述了环境的重要性,告诉我们一个青年是怎样在美好的视野和音乐中被熏陶的,物质之美可以帮助他的心灵做好接受精神之美的准备。在不明缘由的情况下,他不知不觉地滋长了对美的真正热爱,正如柏拉图不厌其烦地提醒我们的那样,那才是教育真正的目的。自然而然地,一种气质在他身上显现,它会引领他本能而直接地选择良好的,摒弃低劣的,拒绝庸俗不和谐的,听凭优越的直觉品味,追随一切蕴含优雅、迷人和可爱的事物。最终顺其自然,这种品味会变为批评与自觉,不过它最初仅仅作为一种亟待培养的直觉而存在,"那个接受这真正文化内涵的人,将以清晰而明确的眼光、万无一失的品味去感知艺术和自然中的疏漏与弊端，他赞美从那些优异的事物中发掘愉悦，并将其融入自己的灵魂，从而变得优越而高尚。在他还年轻时，甚至在他还不知道原因之前，他便能恰当地指责和憎恶低劣"。因此，后来，当他身上的批评和自觉精神根深蒂固时，"他会认出它，并将其作为一个朋友来敬重，他的教育早已令他对它分外熟悉"。无须我多言，欧内斯特，我们英国人离这个理想有多遥远。如果有人胆敢向庸俗之辈提议，教育的真正目的是对美的热爱，教育应采取的方式是气质的发展、品味的培养和批评精神的建构，我能够想象他那红光满面而又浮夸的脸上泛起的笑容。

然而，事实上还是有些可爱的环境留给了我们，人们得以徘徊在莫德林学院灰色的回廊中，聆听飘扬在韦恩弗莱特小教堂中长笛般的歌声，或者躺在绿油油的草地上，周围簇拥着奇特的蛇斑贝母，看着午时的烈阳将塔台镀金的风向标照耀得金光闪烁，或在拱形天顶的扇形阴影下沿着基督教堂的楼梯拾级而上，或穿过圣约翰学院劳德楼的浮雕大门，这时，导师和教授们的刻板便无关紧要了。美感不仅仅在牛津或剑桥才能形成、培养与完善。一场装饰艺术的文艺复兴遍布了整个英国。丑陋的时代已然过去。即便在富足的人家，也有了品味，而那些不那么富裕的家庭则装点得舒适漂亮，宜于居住。凯列班，可怜又喧闹的凯列班认为，他要是停止揶揄某件事物，这事物便会消失不再。但如果他不再嘲讽，那是因为他遭逢了比他更迅速、尖刻的嗤笑，一时蒙受到严厉的教育，从而变得沉默，那沉默应该永远封住他粗鲁而扭曲的双唇。迄今为止，我们所做的主要是清扫道路。毁坏总是比创造更难，当人们要破除的是庸俗和愚昧时，这一任务所需要的便不仅仅是勇气，还有蔑视。不过在我看来，这在某种程度上已经完成了一些。我们已经摒弃了那些坏的事物，现在需要做的是创造美的事物。尽管美学运动的使命是诱导人们去沉思，而非引导人们去创造，然而，由于凯尔特人强烈的创造本能，同时又正是凯尔特人引领着艺术风潮，因此，没有理由不认为，在未来的岁月中，这场奇妙的文艺复兴会变得与许多世纪之前在意大利诸城中被唤醒的那场艺术新生几乎一样强盛。

当然，对于气质的培养，我们必须转向装饰艺术——那些触动我们的艺术，而非教导我们的艺术。毫无疑问，现代绘画令人赏心悦目。至少，其中一些是这样的。但它们难以相处，它们太精明、太坚决、太理智了。它们的意图过于明显，而手法又过于明确地被界定。人们很快便看透了其所要表明的一切，于是它们变得与亲戚们同样沉闷乏味了。我非常钟爱巴黎和伦敦许多印象派画家的作品，这个流派中的微妙与特质还未消失。它们的一些构思与融合让人想起了戈蒂耶不朽的《白色大调交响曲》中那些无与伦比的美，那完美无瑕的色彩与音乐的杰作可能为它们许多最优秀作品的类型和标题提供了启示。对于一个以满怀同情的热忱欢迎无能者以及混淆怪诞与美丽、庸俗与真理的阶层，他们是卓有成效的。他们可以制作有着警句般光辉的蚀刻画、悖论般迷人的蜡笔画，至于他们的肖像画，无论一般人怎么反对，却也没人能否认，它们拥有纯粹属于虚构作品的那种独特而奇妙的魅力。但即便是印象派艺术家，虽然他们认真而勤奋，也仍然不够。我喜欢他们。他们白色的基调融于淡紫色中的变幻多端，是色彩史上的一个时代。虽然瞬间并不能造就人，但这一瞬间无疑成就了印象派艺术家，对于这艺术中的瞬间，对于罗塞蒂所说的"瞬间的丰碑"，还有什么是不能予以形容的呢？他们也颇具启发性。如果他们无法令视而不见者的眼睛睁开，他们至少也极大地鼓励了那些目光短浅者，他们的引领者或许缺乏旧时代的所有经验，他们的年轻人又太过聪明，以致还无法变得明智。然而，他们会坚持将绘画视为一种为文盲所用而创造的自传方式，总在粗糙的沙砾画布上向我们吹嘘他们多余的自我和无用的观点，他们以一种庸俗的过度强调破坏了对自然高明的蔑视，那是他们最好也是唯一得当的东西。终于，人们厌倦了那些个性化的作品，它们的个性总是聒噪不堪，通常又很无趣。巴黎那个较新的流派有很多值得称道之处，他们称自己为"拟古派"，他们拒绝让艺术家完全听天由命，不仅仅是在气氛效果中寻求理想的艺术，而且还探寻富于创新的构图之美和美丽色彩的迷人之处。他们拒绝纯粹只描绘自己所见的乏味的现实主义，试图去观察一些值得一窥的事物，不仅采用真实的躯体的视角，还以灵魂那高贵的视角去观察，因为它在精神领域内的眼界更为宽广，正如它的艺术目的也更为壮丽一样。无论如何，他们在每一种艺术都要求自身完美的装饰艺术的环境下工作，他们具备足够的审美天赋，对于那些卑鄙而愚蠢的局限感到遗憾，那种完全形式上的现代化的局限已经被证实其对众多印象派画家的毁灭。诚挚的装饰性艺术仍然是为人们所接受的艺术。在我们所有的视觉艺术中，它是一种能造就我们情绪和气质的艺术。仅仅是纯粹的色彩、那未遭受意义的破坏、未被既定的形式所玷污的色彩，就能以一千种不同的方式与灵魂对话。线条和块面的精妙比例中所蕴含的和谐也反映到头脑中。花式的重复令我们得以休憩，卓越的构思激发了想象。仅仅是材料运用的美妙之处，便潜藏着文化的要素。这还不是全部。装饰艺术刻意拒绝将自然视为美的理想，摒弃平庸画家的模仿手法，装饰艺术不只让灵魂做好准备去接纳真正富有想象力的作品，而且还在其中孕育了一种形式感，那正是创作的基石，丝毫不亚于批评成就的基石。因为真正的艺术家并非从感知走向形式，而是自形式走向思想与激情。他并不是先诞生了一个想法，然后对自己说"我要把这想法置于十四行诗句的复杂格律中"，相反，他是先意识到了十四行诗的美妙之处，构思某种音乐模式和押韵方法，形式仅仅表明了该填充些什么词句，以令其在才智和情感上都趋于完整。世人总不时大声疾呼反对某位迷人的富有艺术天赋的诗人，因为若用他们陈腐而愚蠢的话来说，他"并没说出什么"。但倘若他有什么要说的话，他可能就会说出来，而结果反会令人倍感厌烦。正是因为他没有新的东西要表达，他才能创造出美妙的作品。他从形式中汲取灵感，仅仅从形式中，就像一个艺术家应该做的那样。真正的激情会毁了他。现实中发生的任何事都会损坏艺术。一切糟糕的诗作都源于真情实感。自然是显而易见的，而显而易见则是缺乏艺术性的。

欧内斯特：我怀疑你是否真的相信你所说的话。

吉尔伯特：你为什么会怀疑？不仅仅在艺术中，身体即为灵魂。在生活的每个方面，形式都是万物之源。柏拉图告诉我们，舞蹈律动而协调的姿态将韵律与和谐灌注至头脑中。形式是信仰的食物，纽曼在某个伟大的真挚瞬间曾这样呼吁过，那瞬间令我们为之钦佩并知晓其人。他是正确的，尽管他可能并不知道自己有多么正确。信条被人们所相信，并非因为它们是明智的，而是因为它们不断地被重复。没错，形式是一切。它是生活的奥秘。寻得一种对悲伤的表达方式，它对你来说便弥足珍贵。寻得一种对快乐的表达方式，你便增强了这狂喜。你想要去爱吗？运用爱的连祷文，那言辞会创造渴望，世人幻想的言辞正源于这渴望。你曾有过侵蚀心灵的悲恸吗？将自己沉溺于悲伤的词句中，从哈姆雷特王子和康斯坦斯王后那里学习哀伤的辞藻，你会发现纯粹的表达是一种慰藉的方式，而那形式既是激情的诞生，也是痛苦的终结。因此，回到艺术领域，正是形式，不仅造就了批评气质，而且造就了审美直觉，这万无一失的直觉向人们揭示一切美的事物。从热爱形式开始，艺术便没有不能向你诉说的秘密，请记住，在批评中，如同在创造中一样，气质是一切。艺术流派应予以历史的分类，不是按照它们产生的时间，而是按照它们所蕴含的气质。

欧内斯特：你的教育理论令人愉快。然而你那些在如此雅致环境中培养的批评家具备什么影响力呢？你真的认为任何艺术家都会受到批评的影响吗？

吉尔伯特：批评家自身存在的事实就足以证明其影响力。他将代表完美无瑕的类型。本世纪的文化将在他身上得以体现。除了完善自我外，你不能要求他存有任何其他目的。正如我刚才已经详尽阐述的那样，才智所要求的不过是能感知到自身的活力。批评家事实上或许希望能运用影响力，但是，如果是这样的话，他关注的便不是个人，而是时代了。他将试图去唤醒时代，使其有所反馈，在其中创造新的渴求和欲望，并将自己更宽广的视野和更高尚的情感赋予它。当今眼前的艺术能令他倾注的要少于明日的艺术，更远远少于昨日的艺术，至于现在的这个或那个人的辛劳勤勉，勤恳的人们又算得了什么呢？毫无疑问，他们尽了全力，但我们最终从他们那里获得的却是最糟糕的作品。最糟糕的作品总是怀揣着最好的意图。此外，我亲爱的欧内斯特，当一个人年逾四十，或成为皇家艺术院院士，或当选为文学协会成员，或被公认为一名家喻户晓的小说家，他所撰写的书在郊区火车站供不应求，届时，人们可能会以揭露他为消遣，却不会以改造他为乐。我敢说，这对他而言是极其幸运的，因为我毫不怀疑，改造是比惩罚更为痛苦的过程，而且那实际上是一种最严重且以道德为形式的惩罚——这个事实解释了我们社会在改造那些有趣人物上的彻底失败，那些人物则被称为惯犯。

欧内斯特：但是，难道诗人不是诗歌最好的评判者，画家不是画作最好的评论家吗？每一种艺术首先吸引的必然是在该领域内的艺术家。他的评论无疑将是最具价值的。

吉尔伯特：所有艺术的吸引力都只是艺术气质。艺术所面对的并非专家。她声称自己是普遍存在的，她所有的表现中蕴含的都是同一个东西。事实上，艺术家是最好的评判者，这种说法绝非真实，一个真正伟大的艺术家根本无法去评判他人的作品，其实他几乎也无法评判自己的作品。这种极度专注的视野令一个人成为艺术家，而其过度的强烈却也限制了他对精美鉴赏的天赋。创作的活力驱赶着他不假思索地向着自己的目标前行。他的马车轮子所扬起的尘土好似云朵般萦绕着他。众神们相互隐匿着,但他们能辨认出他们的信徒。如此而已。

欧内斯特:你说一个伟大的艺术家无法欣赏与自己作品不同的美?

吉尔伯特:这对他来说不可能做到。华兹华斯在《恩底弥翁》中看到的仅仅是一篇动人的异教作品,而雪莱不喜现实,厌烦华兹华斯作品的形式,对其中的要旨充耳不闻,拜伦——那个伟大又狂热却有所缺略的人既无法欣赏云的诗人,也无法欣赏湖的诗人,就连济慈的奇妙他也漠视以对。欧里庇得斯的现实主义令索福克勒斯憎恶,对他而言,那些落下的热泪没有丝毫的美妙。弥尔顿有着对宏大风格的感知力,然而他对莎士比亚手法的领悟也并不比约书亚爵士[①]对庚斯博罗[②]手法的领悟多出多少。糟糕的艺术家总是互相赞赏彼此的作品。他们认为那是心胸开阔,不存偏见。但一个真正伟大的艺术家是无法想象生活或被塑之以形的美在任何他所选定之外的境况下被呈现出来的。创造只在其自身范围内运用它所有的批评才能,它不

---

① 约书亚·雷诺兹爵士(Sir Joshua Reynolds, 1723—1792),英国肖像画家。
② 托马斯·庚斯博罗(Thomas Gainsborough, 1727—1788),英国肖像画家和风景画家。

会在属于他人的领域内运用这种才能。正是因为一个人不能做这件事，他才能对此作出恰当的评判。

欧内斯特：你真的认为是这样？

吉尔伯特：是的，因为创造局限了视野，而沉思则拓宽了它。

欧内斯特：那技巧呢？当然，每种艺术都有其各自的技巧。

吉尔伯特：当然，每种艺术都有自己的基本原理和素材。这两者都并无神秘可言，即便无能之辈也总能做对。但是，虽然艺术所依赖的规则可以固定且明确，但是要真正实现它们，就必须在想象的外衣下造就它们的美，以至于它们中的每一条规则似乎都是一个例外。技巧是真正的个性所在。那正是为什么艺术家不能教授它，学生无法学习它，而美学批评家却能够领悟它的原因。对于伟大的诗人而言，唯有一种旋律的方法，即他自己的方法。对于伟大的画家而言，唯有一种绘画的方式，即他自己运用的方式。美学批评家，也只有美学批评家，能欣赏一切的形式和手法。艺术所要呼唤的正是他。

欧内斯特：好吧，我想我已经向你问过了我所有的问题，而现在我必须承认——

吉尔伯特：啊！请别说你赞同我的观点。当人们跟我的观点一致时，我总觉得我一定是错的。

欧内斯特：那样的话，我当然就不告诉你我是否赞同你的观点了。但我有另外一个问题，你刚才阐述过批评是一种创造艺术，那它的前景会是怎样的呢？

吉尔伯特：未来是属于批评的。能够任由创作选取的题材，在范围和多样性上日益受限。上帝和沃尔特·贝赞特①先生已经用尽了那些显而易见的题材。倘若确实要创作延续下去，它只能变得远比目前更富有批评性。古老的道路和尘土飞扬的公路已被一次次地遍历，他们的魅力被蹒跚的双脚消磨殆尽，他们业已失去了新颖或惊奇的要素，而这要素对浪漫而言却是如此不可或缺。现在想借小说来激发我们兴趣的人，要么给我们一个全新的背景，要么向我们揭示人们灵魂深处的悸动。第一种方式暂且由鲁德亚德·吉卜林②先生为我们做了。当人们翻开他的《山中的平凡故事》时，会觉得仿佛是坐在棕榈树下，通过闪现而过的那华丽而庸俗的一幕幕阅读着人生。集市上鲜艳

---

① 沃尔特·贝赞特（Walter Besant, 1836—1901），英国小说家。
② 约瑟夫·鲁德亚德·吉卜林（Joseph Rudyard Kipling, 1865—1936），英国小说家、诗人。

明亮的色彩令人眼花缭乱。精疲力竭的二流英印混血儿与他们周遭的环境极不相称。讲述者个人风格的缺失为他向我们讲述的故事带来一种奇怪的新闻现实主义。从文学的角度来看，吉卜林先生是一位放下了送气音的天才。从生活的角度来看，他是一个比任何人都更了解世俗的记者。狄更斯懂得世俗的外衣和喜剧性，吉卜林先生则知晓它的本质和严肃性。他是我们第一位撰写二流题材的权威，他通过锁眼窥探到那些奇妙的事，而且他的背景堪称真正的艺术作品。至于第二种方式，我们有过布朗宁，现在还有梅瑞狄斯。但在内省方面仍然还有很多可写。人们有时认为小说越来越病态了，但就心理学而言，它还未达到足够的病态。我们仅仅触及了灵魂的表面，仅此而已。在脑海中一个象牙色的细胞中便储存着比人们曾想象过的都更奇妙更可怕的东西，就像《红与黑》的作者一样，它们试图循着灵魂进入其最秘密的空间，令生活坦承其最隐秘的罪行。但是，即便是未经考证的背景也是有限的，而内省习惯的进一步发展可能证实其对寻求提供新颖材料的创作能力有着致命的影响。我自己倾向于认为创造是注定会衰退的。它源于一种过于原始、过于自然的冲动。不管怎样，可以肯定的是，任由创作所运用的题材一直在减少，而批评的题材则在日益增加。总有新的思考态度和新的观点涌现。将形式强加于混沌之上的责任并没有随着世界的前进而减轻。从来没有一个时期比现在更需要批评。只有通过批评，人类才能意识到自己已抵达之处。

几个小时前，欧内斯特，你问我批评有什么作用。你还不如问我思想有什么作用。正如阿诺德所说，正是批评孕育了这个时代的才智氛围。我希望有一天自己也能指出，正是批评令头脑成为精良的工具。在我们的教育体系中，我们的记忆承载了大量毫不相关的事实重负，并辛苦将我们费力获取的知识传授下去。我们教授人们如何记忆，却从不教授他们如何成长。我们从未想过要在头脑中试图培养一种更敏锐的领悟和识别品质。希腊人做到了这点，当我们接触希腊的批评才智时，我们不得不意识到，虽然我们的题材在各个方面都比他们的要更广泛、更多样，但他们的方法却是唯一能诠释这题材的方法。英国做到了一件事，它创造并建立了公众舆论，试图将社会的无知组织起来，并赋予其具备客观存在的力量的尊严，但智慧却总是躲避着它。作为一种思想工具，英国人的头脑是粗枝大叶又欠发达的。唯一能净化它的，是批评本能的滋长。

又是批评，以其专注使文化成为可能。它汲取了大量笨重烦琐的创造性作品，并将其提炼为精要的精髓。那些渴望保留形式感的人们，谁愿意在这世上已出版的众多粗陋的书籍中挣扎呢？那些书籍中充斥着结巴的思想和喧嚣的无知。引领我们穿越乏味的迷宫的线索掌握在批评的手中。不仅如此，在没有记录的，以及历史要么遗失，要么从未被书写的地方，批评可以凭借语言或艺术中极其细微的碎片为我们重塑往昔，正如同科学家能从某块微小的骨头或仅仅是岩石上的一个足印上便能为我们重现翼龙或大地曾在它脚下震颤的巨蜥，可以将贝希摩斯[①]自其洞穴中召唤而出，让利维坦[②]再次横渡惊涛骇浪的大海。史前史属于语文学和考古学批评家研究的范畴。事物的起源在他面前显现。一个时代所沉积的自觉意识几乎总是将人引入歧途。仅仅凭借语言学的批评，我们对那些没有实际记载留存下来的世纪的了解便更甚于为我们流传下卷轴的那些世纪。它能为我们做物理学或形而上学都无能为力之事。它能提供我们思维在成长过程中准确的知识。它能为我们完成历史束手无策之事。它能告诉我们人类在学会书写之

---

① 贝希摩斯（Behemoth），《圣经》中出现的巨兽。
② 利维坦（Leviathan），《圣经》中的怪兽。

前在思考什么。你问过我批评的影响力。我想我已经回答了那个问题，但还有一点要补充：是批评使我们具备世界性。曼彻斯特学派通过指明和平为商业所带来的优势，试图令人们意识到人类的手足情谊。它企图将美好的世界贬低为买卖双方共有的集市。它满足了自身最低级的本能，因而失败了。战争接踵而至，商人的信条并未阻止法国和德国在血迹斑斑的战场上兵刃相见。我们时代的另一些人只寻求引发情感上的同情，或是一些含混不清的抽象道德体系下的浅薄教条。他们有自己的和平协会，令多愁善感之人倍感珍贵，他们关于非武装国际仲裁的提案在那些从未涉猎过历史的人群中广受欢迎。然而仅仅有情感上的同情是不够的。它太变化无常，与激情的关联太过紧密；而仲裁委员会为了种族的普遍利益被剥夺了执行其决议的权力，也不会有多大用处。只有一件事比不公正更糟糕，那便是手中没有利剑的公道。没有强权的公理，即为邪恶。

不，情感不能令我们具备世界性，就像贪得无厌也不能一样。只有通过养成才智性批评的习惯，我们才能超越种族偏见。歌德——你不会误解我的话——是德国人中的德国人。他热爱他的国家——没有人能与他相比。人民爱戴他，他也引领着他们。然而，当拿破仑的铁蹄在葡萄园和玉米地上肆意践踏时，他却敛声不语。"一个人若不存仇恨，怎么能写出仇恨之歌呢？"他对爱克曼[①]说，"对我而言，文明和野蛮才是最重要的，我怎么能去憎恨一个世界上最具修养的国家，更何况我自身文化教养的很大一部分都得益于它。"我认为，这近代社会中由歌德最先发出的声音将成为未来世界大同主义的起点。批评凭借其对各类形式中人类思维统一性的坚持，将消灭种族偏见。如果我们想对另一个国家挑起战争，我们应该记住，我们试图破坏的是我们自身文化的一个要素，很可能是其中最重要的要素。只要战争仍被认为是邪恶的，它就永远拥有自己的魅力。而当它被视为粗鄙的，它便不会再受到欢迎。当然，这变化是缓慢的，人们甚至都无从察觉。他们不会说"我们不与法国开战，因为他们的散文堪称完美"，但正因为法国的散文堪称完美，他们不会去憎恨那片土地。才智性的批评将欧洲缠绕在一起，远比那些零售商或多愁善感者所构建的联系更为紧密。它将给予我们自理解中孕育而生的和平。

不仅如此。正是批评，不承认有终极的立场，拒绝被

[①] 爱克曼（J.P.Eckermann，1792—1854），德国作家，著有《歌德谈话录》。

任何派别或流派那肤浅的陈词滥调所束缚，它形成了一种为真理而热爱真理的沉静的哲学气质，并不因明知真理的不可企及而减少对它的热爱。在英国，这种气质是多么罕见，我们又是多么需要它啊！英国人的思维方式总是怒不可遏。我们种族的智慧在二流政治家和三流神学家那无耻而愚蠢的争吵中消耗殆尽。阿诺德曾明智地提及"通情达理"，唉，可惜收效甚微，只能留待科学家向我们展现这通情达理最优的范例。《物种起源》的作者不管怎样都拥有着哲学的气质。如果人们斟酌思量一下英国普通的布道坛和讲台，便会感受到尤利安的蔑视和蒙田的冷漠。我们被狂热分子所支配，真诚是他们最大的罪行。事实上，我们对任何鼓动思维自由发散的东西都不知所以。人们大声疾呼反对罪人，然而我们的耻辱并非那些罪人，而是蠢材。除了愚蠢之外，有何可以成为罪行？

欧内斯特：啊！你真是一个逾规越矩者！

吉尔伯特：艺术批评家就像神秘主义者一样，始终是逾规越矩者。依照庸俗的美德标准做个善人显然颇为容易，它需要的仅仅是一些卑劣的恐惧感、一些缺乏想象的思考以及一些对中产阶级威望低下的殷勤。美学高于伦理学，它们属于一个更为精神层面的领域。鉴识出事物的美是我们所能抵达的最高境界。在个人的发展中，即便是色彩感也比是非感更为重要。事实上，美学与伦理学在意识文明范畴内的关系，就如同外部世界领域中性选择与自然选择的关系一样。伦理学，就像自然选择一样，令生存成为可能。美学，便如同性选择，使生活变得美好而精彩，为它增添新的形式，赋予它进步、丰富多彩和变幻无穷。当我们终抵作为我们目标的真正的文明时，我们也达到了圣徒曾梦想的完美，那些不可能犯下罪行之人的完美，不是因为他们实行了禁欲者的自我克制，而是因为他们能做任何他们想做的事，且不伤及灵魂，同时也无意做任何伤及灵魂之事。灵魂成为一个如此神圣的存在，它能转换为更丰富经验的一部分，或更精细的敏锐性，或一种思想、行为、激情更新的方式，它之于平庸者则平淡无奇，之于未受教育者则卑劣轻贱，之于可耻者则卑鄙不堪。这很危险吗？是的，这非常危险，正如我告诉你的，所有的思想都是危险的。然而夜已倦了，灯光闪烁，还有一件事我忍不住要告诉你。你曾反对批评，说它是毫无价值的事情。十九世纪是历史上的一个转折点，仅仅因为两个人的著作，达尔文和勒南，一个是自然之书的批评家，另一个则是上帝之书的批评家。不认识到这一点，便也意识不到世界发展进程中一个最重要的时代的意义。创作总落于时代之后。是批评在引领着我们。批评精神和世界精神是共通的。

欧内斯特：我想，具备这种精神的人，或被这种精神所支配的人，将是无所事事的吗？

吉尔伯特：就像兰多[①]向我们描述的珀耳塞福涅一样，美好而忧伤的珀耳塞福涅，日光兰和不凋花围绕着她雪白的玉足绽放，她惬意地坐在那"令凡人怜悯，令众神欢愉的深邃而静止的静谧之中"。她放眼世界，并知晓其秘密。通过与神圣之物接触，她也变得神圣。她的生活将是完美的，也唯有她的生活。

欧内斯特：吉尔伯特，你今晚跟我说了很多新奇的事。你告诉我，谈论一件事比做一件事困难得多，而世上最困难的事则是无所事事；你告诉我，所有的艺术都是不道德的，所有的思想都是危险的；你告诉我，批评比创造更具创造性，而最高超的批评是在艺术作品中揭示艺术家本未置于其中的东西；你告诉我，正因为一个人不能做这件事，他才能对此作出恰当的评判；你还告诉我，真正的

---

① 兰多（Walter Savage Landor，1775—1864），英国诗人、散文家。

批评是不公正、不真诚以及不理性的。我的朋友，你真是个梦想家。

吉尔伯特：没错，我就是个梦想家。因为一个梦想家是只能在月光下才能找到自己的路的人，而他所遭受的惩罚是他比世上的任何人都更早看到黎明。

欧内斯特：他的惩罚？

吉尔伯特：也是他的回报。但是，看，已经是黎明了。拉开窗帘，把窗户打开。清晨的空气多么凉爽啊！皮卡迪利大街好似一条长长的银丝带伸展在我们脚下。一层淡淡的紫色薄雾笼罩在公园上空，那些白色屋子的阴影都是紫色的。现在睡觉为时已晚。让我们去考文特花园看看玫瑰花吧。来吧！我厌倦思考了。

面具的真理
——一份关于幻象的笔记
THE TRUTH OF MASKS :
A NOTE ON ILLUSION

最近针对华丽的场景出现了很多激烈的攻击，而那正是如今我们英国莎士比亚复兴的主要特征。评论家们似乎心照不宣地认为，莎士比亚本人或多或少地对其戏剧演员的服装是漠不关心的，如若他能看到兰特里[①]夫人出演的《安东尼与克利奥帕特拉》[②]，他可能会说剧情，只有剧情才是重中之重，其他一切都只是无足轻重的皮毛。然而，至于考究服装的历史准确性这点，利顿[③]勋爵曾在登载于《十九世纪》上的一篇文章中确立了一种艺术准则，认为考古学在上演的任何一场莎士比亚戏剧中都是绝不相宜的，将此广为传布的努力是学究时代最愚蠢的迂腐滥调

---

① 莉莉·兰特里（Lillie Langtry, 1853—1929），英国女演员。
②《安东尼与克利奥帕特拉》（*Antony and Cleopatra*），被称为莎士比亚的第五大悲剧，创作于1607年。
③ 爱德华·布尔沃-利顿（Edward Bulwer-Lytton, 1803—1873），英国小说家、剧作家。

之一。

利顿勋爵的立场，容我留待后面再探究。但至于莎士比亚对其剧作的戏装室并不怎么上心的说法，任何关注研究莎士比亚手法的人都会发现，法国、英国或者雅典舞台上的剧作家们，绝对没有谁像莎士比亚那般，如此倚赖演员服饰所呈现的魔幻效果。

他深谙艺术气质是如何总沉迷于戏装之美，因而持续不断地将假面和舞蹈引入他的戏剧中，纯粹为了呈现视觉上的愉悦；我们还有他为了《亨利八世》中三场壮观的队列所做的舞台指导，这份指导以针对细节非比寻常的详尽精细为特点，以至于ss项圈和安妮·博林①头发上的珍珠都包含其中。事实上，这为现代戏剧经理人完全以莎士比亚设想的方式再现这些游行提供了极大的便利，它们是如此精确，以至于当时的一位宫廷官员在写给朋友描述环球剧院上演的该戏的最后一幕时，竟然抱怨它们的现实主义特征，尤其舞台上的嘉德骑士②，身披长袍，佩戴勋位徽章，可以说是用以讥讽真实的庆典；前不久，法国政府出

---

① 安妮·博林（Anne Boleyn，1501—1536），英格兰国王亨利八世的王后，彭布罗克女侯爵，也是英国历史上最著名的王后之一。
② 嘉德骑士（the Knights of the Garter），英国地位最高最古老的骑士，只有极少数人能获此殊荣，其中包括英国国君，嘉德骑士最多只允许25人。

于同样的态度，以嘲讽一位上校有损军队荣誉为借口，严禁那位令人愉快的演员 M. 克里斯蒂安身穿制服登台。另外，在莎士比亚的影响下，令英国舞台卓绝的华丽戏装也受到当代批评家们的抨击，然而这些抨击通常并不以现实主义的民主倾向作为理由，却经常假借成为那些毫无美感之人最后避难所的道德的理由。

然而，我想要强调的一点是，莎士比亚重视迷人的戏装，并非由于它们能为诗歌增添画面感的作用，而是因为他注意到戏装作为营造某种戏剧效果的手段是多么重要。他的许多剧作，例如《一报还一报》《第十二夜》《维洛那二绅士》《终成眷属》《辛白林》等等，都倚借男女主角身穿的各种服装特点来展现它们的幻境；《亨利六世》中令人愉快的一幕，关于信仰能疗愈的那个现代奇迹，如果葛罗斯特没有身着黑色和猩红色的戏装，那便将失却它所有的意图；还有《温莎的风流娘儿们》的结局，则取决于安·培琪长裙的颜色。至于莎士比亚在运用乔装方面的例子也几乎不胜枚举。波塞摩斯[①]在农夫的装束下隐藏着他的激情，爱德伽[②]在白痴的破衣烂衫下藏匿着他的骄

[①] 波塞摩斯（Posthumus），《辛白林》中的人物，绅士，伊摩琴之夫。
[②] 爱德伽（Edgar），《李尔王》中的人物，葛罗斯特伯爵之子。

傲；鲍西娅①身着律师的衣袍，罗瑟琳②则是一身"男性化十足"的行头；毕萨尼奥③的衣袍将伊摩琴④变为年轻的斐苔尔⑤；杰西卡⑥穿着男装从她父亲的家中逃离，朱利娅⑦将她的金发扎成完美的同心结，套上男式紧身裤和短上衣；亨利八世装扮成牧羊人向他的心上人求爱，罗密欧则像个朝圣者；哈尔王子和波因斯⑧最先以穿着硬棉布的拦路盗贼身份登场，而后又是客栈中身穿白色围裙和紧身皮夹克的侍者；至于福斯塔夫，他不是扮作拦路强盗、老妇人、猎人赫恩以及正欲运往洗衣房的脏衣服⑨出现的吗？

运用戏装作为一种烘托戏剧情境的方式，这样的例子也不在少数。杀害邓肯后，麦克白穿着他的睡袍出现，仿佛刚从睡梦中惊醒；泰门⑩在衣衫褴褛中结束了他始于华

---

① 鲍西娅（Portia），《威尼斯商人》中的人物，巴萨尼奥的未婚妻。
② 罗瑟琳（Rosalind），《皆大欢喜》中的人物，被流放的杰克斯公爵的女儿。
③ 毕萨尼奥（Pisanio），《辛白林》中的人物，波塞摩斯的仆人。
④ 伊摩琴（Imogen），《辛白林》中的人物，辛白林与前王后之女。
⑤ 斐苔尔（Fidele），《辛白林》中的人物。
⑥ 杰西卡（Jessica），《威尼斯商人》中的人物，夏洛克的女儿。
⑦ 朱利娅（Julia），《维洛那二绅士》中的人物。
⑧ 哈尔（Hal）王子和波因斯（Poins），均为《亨利四世》中的人物。
⑨ 此处为《温莎的风流娘儿们》中的剧情，当时为了防止被发现，福斯塔夫被放进装衣服的篓子里，冒充脏衣服。
⑩ 泰门（Timon），《雅典的泰门》中的人物。

服登场的戏剧；理查①身着一套肮脏而破旧的盔甲奉迎伦敦市民，而他一在血泊中踏上王权的宝座，便头顶王冠，佩戴着乔治和嘉德勋章满街巡视；当普洛斯彼罗脱去巫师的长袍，派爱丽儿取来他的帽子和佩剑，揭示自己伟大的意大利公爵身份时，《暴风雨》迎来了高潮；《哈姆雷特》中的鬼魂变换着自己神秘的服饰以营造不同的效果；至于朱丽叶，一个现代的剧作家或许会将她安置在裹尸布中，仅仅令这场景成为恐怖的一幕，但莎士比亚却将她装扮得阔绰华丽，楚楚动人，令墓穴成为"流光溢彩的盛宴般的存在"，将坟墓变为新娘的新房，并为罗密欧关于美战胜死亡的台词提供了暗示与缘由。

甚至服装上微小的细节，例如大管家长袜的颜色、妻子手帕上的图案、年轻士兵的套袖以及时兴的女帽，在莎士比亚的手中都成为实际戏剧中的要点所在，其中的一些还完全制约了所涉及的戏剧情节。许多其他的剧作家利用戏装作为一种向观众直观展现登场人物性格的方式，尽管不如莎士比亚塑造花花公子帕洛尔斯②那样出色，顺便说一句，他的服饰只有考古学家才能明了；主仆在观众面

---

① 理查（Richard），指理查三世，《理查三世》中的人物。
② 帕洛尔斯（Parolles），《终成眷属》中的人物。

前互换外套的乐趣，失事船只的水手们为瓜分精美的衣服而争执不休的乐趣，以及补锅匠在公爵烂醉如泥时装扮成他的乐趣，都可以将戏装看作始终在喜剧中充当着伟大经历的一个组成部分，自阿里斯托芬时期直到吉尔伯特①先生那时都是如此。但是没有人能像莎士比亚那样，仅仅从服装和饰物的细节之处便能描绘出如此讽刺的对比、如此直接而悲剧的效果以及如此的悲悯和感伤。逝去的国王全副武装地在艾尔西诺的城垛上昂首阔步，因为丹麦的一切都已面目全非；夏洛克的犹太长袍是耻辱的一部分，受伤而怨愤的天性在它的掩盖下痛苦翻腾；祈求饶命的阿瑟，除了他赠予休伯特的手帕，他想不出还有比那更好的借口——

> 你可曾记得？当你头痛欲裂时，
> 我将我的手帕贴缚在你的额头，
> （我最珍爱的手帕，一位公主为我编织而成）
> 我从未向你索回。

奥兰多血迹斑斑的手帕在那雅致林地间的田园生活中

---

① 威廉·S.吉尔伯特（William Schwenck Gilbert，1836—1911），英国剧作家、文学家、诗人。

敲响了第一个暗淡的音符,向我们展现了罗瑟琳富于幻想的才智和任性玩笑背后的深厚情感。

> 昨夜它在我的手臂上,我亲吻过它;
> 希望它不是去告诉我的丈夫,
> 说除他之外,我还吻过别人。①

伊摩琴说,对丢失的手镯开着玩笑,那手镯早已在去往罗马的路上掠夺她丈夫对她的信任;前往伦敦塔的小王子把玩着他叔父腰带上的匕首;邓肯在自己被杀的那晚送给麦克白夫人一枚戒指,而鲍西娅的戒指则将一出商人的悲剧转变为一位妻子的喜剧。伟大的叛乱者约克临死时头戴一顶纸制的王冠;哈姆雷特的黑衣是剧中的一种色彩主题,就像施曼娜在《熙德》②中的丧服一样;还有安东尼演说的高潮正是亮出恺撒的外套——

> 我记得
> 恺撒初次穿上它,

---

① 出自《辛白林》。
②《熙德》(*Cid*),法国作家高乃依所作的古典主义名剧,取材于西班牙史。

是在一个夏夜,在他的营帐内,

是他征服钠维人的那一天。

看,这是凯歇斯的匕首捅穿的地方;

瞧瞧狠心的凯斯卡割开了多深的一道裂口;

这里,他深爱的勃鲁托斯刺了进去……

善良的人们,怎么,你们只看到我们恺撒千疮百

    孔的衣服

便落起泪了吗?①

奥菲莉娅疯癫时手捧的鲜花就似绽放在墓穴前的紫罗兰般可怜;李尔王的怪诞服装一目了然地增添了其在荒野上漂泊的效果;在妹妹借用她丈夫的衣服直言奚落自己时,克洛顿备受打击,便穿上她丈夫的衣服,对她施以羞辱之事,我们认为,在可怕和悲惨的意义上而言,整个法国近代现实主义中没有任何能与《辛白林》中这奇怪的一幕相提并论的,即便是那部恐怖的杰作《黛莱丝·拉甘》②也不能。

对白本身最生动的段落也正是借戏装来暗示的那些。

---

① 出自《裘力斯·恺撒》。
② 《黛莱丝·拉甘》(*Therese Raquin*),爱弥尔·左拉的第一部自然主义小说。

罗瑟琳说：

你以为，我装扮得像个男人，
我的性情便也穿起男式紧身衣裤了吗？[①]

康斯丹丝说：

悲痛注满了我失去的孩子所留下的位置，
以他的形体填充入他褪下的衣衫。[②]

还有伊丽莎白急促而尖锐的叫喊声：

啊！剪断我的胸带！——[③]

以上只是可供引用的众多例子中的几个。我所见过的最精彩的舞台效果之一是《李尔王》的最后一幕，萨尔维尼扮演的李尔扯下肯特帽子上的一根羽毛，将它置于考狄

---

① 出自《皆大欢喜》。
② 出自《约翰王》。
③ 出自《理查三世》。

利娅的唇上,说起台词:

> 这羽毛在动;她还活着! ①

我记得布思先生——他的李尔王蕴含着许多高尚的激情特质——为了同样的情节,从有违历史的白鼬皮②上拔下一撮毛皮。但这两者中,萨尔维尼做出的效果更出色,也更真实。我相信那些在《理查三世》最后一幕中看过欧文先生表演的人们都不会忘记,他梦中的痛苦与恐惧,是如何通过梦境之前的平静安宁,以及以下台词表演风格所带来的反差而得到强化的:

> 我的头盔戴起来是不是比以前更宽松了?
> 我的甲胄都放进帐幕中了吗?
> 看看我的棍棒是否结实,别要太重的——③

倘若记得理查的母亲在他向博斯沃思进发时追喊的那

---

① 出自《李尔王》。
② 当时多用于国王服饰。
③ 出自《理查三世》。

些话,那下面的台词就观众听来便具有双重含义——

> 因而,带去我最凶恶的诅咒,
> 让你在交战那日精疲力竭,
> 胜过你全身的盔甲。①

至于莎士比亚所掌控的舞台资源,值得注意的是,虽然他不止一次地抱怨不得不在狭小的舞台上上演大型历史剧,而且由于舞台布景的欠缺,迫使他割舍掉许多户外事件的效果,但他始终都作为一个剧作家来创作,一个拥有最精致的戏装室并且能倚仗演员煞费苦心的化妆的剧作家。即便是现在,要想制作一出像《错误的喜剧》这样的戏剧也是很困难的。我们得以有幸欣赏到《第十二夜》恰如其分的演出,应当归功于爱伦·泰瑞②小姐的兄弟与她颇为相似这个美妙的巧合。事实上,若要将莎士比亚的任何作品完全按照他自己的意图搬到舞台上,需要一个优秀的道具管理员、一个灵巧的假发手艺匠、一个颇具色彩感

---

① 出自《理查三世》。
② 爱伦·泰瑞(Ellen Terry,1847—1928),英国女演员,因扮演莎士比亚剧作中的角色而为人所知。

又深谙织物质地的戏装制作者、一个精通化妆手法的大师、一个剑术能手、一个舞蹈行家以及一位亲自指导整部作品的艺术家——因为他会极其细致地告诉我们每个人物的衣着和外貌。"拉辛[①]憎恶现实,"奥古斯特·瓦克雷[②]曾说过,"他不屑于重视戏装。如果要以诗人自身的指示来排演,那么阿伽门农就得手拿权杖,阿喀琉斯则需佩剑。"[③]但莎士比亚则全然不同。他为我们提供了珀迪塔、弗罗利泽、奥托里古斯、《麦克白》中的女巫以及《罗密欧与朱丽叶》中药剂师戏装的说明,对胖爵士作了一些详尽的描绘,而对彼得鲁乔结婚时那身非比寻常的装束也留有细致周详的描述。他告诉我们:罗瑟琳身材高挑,手持长矛和短剑;西莉娅的个头则小些,需要将她的脸涂上褐色,看起来就像被太阳晒得黝黑;在温莎林苑中扮演精灵的孩子们要穿上白色和绿色的衣服——顺便提一句,这是对伊丽莎白女王的致意,白和绿是她最钟爱的颜色——以及身着白衣、戴着绿色花环和金色面具的天使们,去探望在金博尔顿的凯瑟琳。拉山德以他雅典人的装扮区别于

[①] 让·拉辛(Jean Racine,1639—1699),法国剧作家。
[②] 奥古斯特·瓦克雷(Auguste Vacquerie,1819—1895),法国诗人、剧作家。
[③] 原文为法文。

奥布朗，他那裤子是手工织就，朗斯洛的靴子上留有破洞。葛罗斯特公爵夫人身披白布伫立着，身旁是她服丧的丈夫。傻瓜的花色衣服，枢机主教的红袍，以及英式大衣上的刺绣法国百合，都为对白中的嘲讽或奚落制造了契机。我们知道王太子盔甲和贞德佩剑上的图案，以及沃里克头盔上的纹章和巴道夫鼻子的颜色。鲍西娅一头金发，菲比则是黑发，奥兰多顶着栗色的鬈发，安德鲁·艾古契克爵士的头发就像纺纱杆上垂下的亚麻，丝毫不会鬈曲。有些角色肥壮结实，有些清瘦纤细，有的笔直挺拔，有的佝偻驼背，一些人肤色白皙，一些黝黑，还有些则要涂黑全脸。李尔王蓄着白色的络腮胡，哈姆雷特的父亲满须花白，培尼狄克则要在戏中将胡须剃刮干净。事实上，在舞台胡须的问题上，莎士比亚是相当缜密的。他告诉我们许多不同颜色胡须的运用，还提醒演员们务必要始终留意他们的胡子正确地按紧了。戏剧中有头戴黑麦秆草帽的收割者的舞蹈，有套着毛茸茸的大衣像萨堤尔般的乡巴佬的舞蹈，有亚马逊人的假面舞会，有俄罗斯人的假面舞会，以及古典假面舞会；还有几幕不朽的场景，一个顶着驴脑袋的织布工，因外衣的颜色而引发的一场需要劳驾伦敦市长阁下才能得以平息的骚乱，以及一个恼怒的丈夫和他妻子的服饰商之间关于袖子开衩问题相争执的一幕。

至于莎士比亚借用服饰所表达的隐喻，他对此所述的格言，以及对其所处时代的装束，特别是女帽荒谬的尺寸的抨击，还有许多对女性世界的描写，从《冬天的故事》中奥托吕科斯的长裤到对《无事生非》中米兰公爵夫人所穿礼服的描绘，可谓数不胜数。尽管或许值得一提的是，整个服饰的哲学都包含在《李尔王》中爱德伽出现的场景中——这一段落在简练与风格上的优势更胜于《衣裳哲学》[①]中怪诞的智慧和有些夸大其词的形而上学。但我认为，从我前面所述之中，可以极为明显地看到莎士比亚对戏装的浓厚兴趣。我不是指那种肤浅意义上的兴趣，不是说仅仅根据他在契约和黄水仙上的知识，便能得出他是伊丽莎白时代的布莱克斯通[②]和帕克斯顿[③]的论断，而是说，他意识到戏装能在瞬间便令观众对某种效果产生深刻印象，能表达特定的性格特征，同时也是一个真正的幻想家所能掌控的手法中的基本要素之一。事实上，对他而言，理查扭曲的形象与朱丽叶的美丽可人同样重要；他将激进

[①]《衣裳哲学》(*Sartor Resartus*)，英国作家托马斯·卡莱尔的著作。
[②] 威廉·布莱克斯通爵士（Sir William Blackstone, 1723—1780），英国法学家、法官。
[③] 约瑟夫·帕克斯顿（Joseph Paxton, 1803—1865），英国著名的园丁、作家和建筑工程师。

分子的哔叽料放在贵族的丝绸边，观察它们各自的舞台效果；他对凯列班和对爱丽儿一样喜爱，对破衣烂衫和金衣华服不分薄厚，并领会到丑陋的艺术之美。

杜锡斯[①]在翻译《奥赛罗》时认为难点在于，莎士比亚对那些诸如手帕般平庸之物的重视，他试图令摩尔人不断重复着"头带！头带！"以撇去它的庸俗，这或许可以作为一个说明哲学式悲剧与现实生活戏剧之间差异的例子；法国剧院对"手帕"这个词的初次采用，是浪漫现实主义运动——雨果是那场运动的父亲，左拉则是它可怕的孩子——中的一个时代，正如本世纪早期的古典主义是在塔尔马[②]拒绝再戴着搽了粉的假发出演希腊英雄一事中被强调的一样——顺便说一句，这是追求服饰历史精确性的众多例子之一，而那也成了我们这个时代伟大演员的特征。

在批判《人间喜剧》中的拜金主义时，泰奥菲尔·戈蒂耶说，巴尔扎克或许宣称他在小说中塑造了一位新的英雄，金属般的英雄。而关于莎士比亚，可以说他是第一个看到紧身短上衣所存在的戏剧价值的人，他还看到高潮依

---

① 杜锡斯（Jean-Francois Ducis, 1733—1816），法国剧作家，曾改编莎士比亚的剧作。
② 塔尔马（Talma, 1763—1826），法国演员。

托的可能仅仅是一条裙撑。

环球剧院的失火——顺便说一句,那是对幻境狂热追求所导致的事件,而这正是莎士比亚剧台管理的特征——令我们不幸地丧失了很多重要的文件。但莎士比亚时代伦敦剧院戏装室的目录清单还是留存了下来,其中提到了专为红衣主教、牧羊人、国王、小丑、托钵会修士和弄臣们准备的服饰;有罗宾汉手下的绿色外套,玛丽安姑娘的绿裙;有亨利五世白色与金色相间的紧身短上衣,长腿国王[①]的礼袍;此外,还有白色法衣、斗篷式长袍、锦缎长袍、金丝银线织就的长袍、塔夫绸袍、白棉布袍、天鹅绒外套、缎面外套、起绒粗呢外套、黄色与黑色皮革的紧身皮夹克、红色套装、灰色套装、法国丑角套装、一件看起来很便宜的只有3英镑10先令的"隐身"长袍,以及四件无与伦比的鲸骨裙撑——所有这一切都展现了要为每个角色配备与其相契的服饰的渴望。另外,还有些清单记录着西班牙人、摩尔人和丹麦人的戏装,头盔、长矛、彩绘盾牌、帝国皇冠和教皇头饰,还有土耳其近卫军、罗马元老院议员以及奥林匹斯山的男女诸神,这些都证明剧院经理进行了众多考古学方面

---

① 指英国国王爱德华一世。

的研究。清单上确实还对夏娃的紧身胸衣有所提及,但那戏剧的主题可能是在人类堕落之后了。

事实上,任何想要探究莎士比亚时代的人都会发现,考古学正是那个时代一个独特的热点。作为文艺复兴的特征之一,古典的建筑形式复苏之后,随着威尼斯和其他地方印刷出版了希腊以及拉丁文学的杰作,人们自然地对历史世界的饰品和服装燃起了兴趣。艺术家们探求这些事物并非为了获取学识,而是为了从中创造美好。那些不断被挖掘而得以重见天日的稀奇古怪的东西不是要腐烂在博物馆中,供冷漠的馆长沉思,或是让因毫无犯罪的风平浪静而烦闷的警察感到厌倦的。它们是被用以作为一种新艺术产生的动力,这种艺术不仅仅是美的,而且也是奇特的。

英费苏拉[①]告诉我们,1485年一些工人在亚壁古道上挖凿时,意外发现了一口古罗马石棺,上面镌刻着"茱莉亚,克劳狄[②]之女"。打开棺柩时,他们发现大理石棺内躺着的是个漂亮女孩的遗体,大概十五岁的样子,在防腐技艺下被保存了下来,免受了时间的腐化和侵蚀。她的眼睛

---

① 英费苏拉(Infessura,1435—1500),罗马法学家、历史学家。
② 阿庇乌斯·克劳狄·卡阿苏斯(Appius Claudius Caecus,前340—前273),罗马共和国时代的政治家,曾主持连接罗马和坎帕尼亚的第一条道路亚壁古道的修建工作。

半睁着，一头鲜亮的金色鬓发波浪般地环绕着她，少女的芳华似乎仍未从她的双唇与脸颊上流逝。她被抬回古罗马主神殿，一时成为新的崇拜焦点，从城市的各个角落蜂拥前来的朝圣者在这奇妙的圣地上膜拜，直到教皇担心，唯恐那些从异教徒墓穴中发现美的秘密的人们或许会忘记犹太人那粗糙岩石雕凿的坟墓中所蕴藏的秘密，便遣人连夜将遗体运走并秘密地安葬了。尽管这可能是一个传说，然而这个故事仍然不乏价值可循，它向我们展现了文艺复兴时期对于古代世界的姿态。对他们来说，考古学不仅仅是一门古文物研究者的学问，它还是一种方式，借助它，他们能触及古物的枯槁尘埃，将之转化为生命的气息与美好，并以浪漫主义的新酒灌注入它的形式，否则会变得陈旧过时。从尼古拉·皮萨诺[①]的布道坛到曼特尼亚的《恺撒的胜利》，以及切利尼为法兰西国王设计的整套餐具中，都能追溯到这种精神的影响力；它也并非仅仅局限于静止的艺术——那些停滞运动的艺术——它的影响还波及重大的希腊—罗马的假面舞会中，那些舞会是当时乐趣无穷

[①] 尼古拉·皮萨诺（Nicola Pisano，约1220—1278），意大利雕刻家，文艺复兴新风格的开创者。他与儿子乔凡尼·皮萨诺及学生阿诺芙·迪·坎比奥一起创作了锡耶纳大教堂的布道坛。

的宫廷固定的消遣，公共盛况和游行也同样受其浸染，商业化大城镇的居民们往往以这种方式欢迎偶尔来访的王子们。顺便说一句，游行被视为极其重要之事，以至于为此制作了大量的书画并出版发行——这一事实也正是当时人们对这类事情产生普遍兴趣的证明。

而考古学在表演中的运用远不是带几分自命清高的卖弄学问，而是在各方面都合乎情理又美好的。因为舞台不仅是一切艺术的汇集地，也是艺术重返生活之处。有时在一部考古小说中，对那些拗口又废弃的术语的使用似乎掩盖了学问下的事实，我敢说《巴黎圣母院》的众多读者肯定被诸如 la casaque à mahoitres、les voulgiers、le gallimard、taché、d'encre、les caraquiniers 等这些词所表达的含义搅得迷惑不堪；但舞台上则大不相同！古代世界自睡梦中苏醒，历史像一场游行般在我们眼前行进，我们的享受尽善尽美，无须再求助字典或百科全书。事实上，公众根本没有必要为了任何上演的戏剧去确认其中的权威性。利用这样一些素材，例如狄奥多西①的圆盘，大多数

---

① 狄奥多西（Theodosius，约346—395），罗马帝国狄奥多西王朝第一位皇帝，也是最后一位统治统一的罗马帝国的皇帝。

人可能对之极为陌生，E.W. 戈德温[①]先生——英国本世纪最具艺术活力的人之一——创造了《克劳狄》美轮美奂的第一幕，他向我们展现了拜占庭四世纪的生活景象，不是借助于沉闷的演讲或一套落满灰尘的铸模，不是利用一部需要对照术语表去解读的小说，而是将那个伟大城镇的所有辉煌都以视觉的方式呈现在我们面前。尽管戏装在颜色和设计这些细微之处都符合历史，但这些必然应在一次次演讲中需要强调的细节却并未被赋予异常的重要性，而是服从于崇高的创作法则和艺术效果的统一性。西蒙兹先生谈及现存于汉普顿宫的曼特尼亚的那幅伟大的画作时说，艺术家将古文物研究的动机转变成了一种线条的主旋律。同样的评价也完全适用于戈德温先生塑造的场景。只有蠢货才称之为迂腐，只有那些既不懂观赏也不会聆听的人才会认为戏剧的激情被它的油彩扼杀了。事实上，这个场景不仅栩栩如生、近乎完美，而且还颇具戏剧性，它摒弃了任何乏味的描绘，通过克劳狄服饰的颜色和特点及其侍从们的服装向我们展现了这个人的所有天性与生活，从他影响的哲学派别到赛马场上他下注的马匹。

---

① E.W. 戈德温（E.W.Godwin，1833—1886），英国建筑师。

其实，考古学只有在融入某种艺术形式时才真正令人愉快。我无意贬低辛劳的学者们所做的贡献，但是我认为于我们而言，济慈对伦普里尔词典的运用，远比麦克思·穆勒①教授将同样的神话视为语言疾病要更具价值。《恩底弥翁》胜过任何形容词泛滥的理论，无论它是合理的，抑或像眼前的这个例子般不合理！还有谁会不认为皮拉内西②那本关于花瓶的书其最大功绩在于，它为济慈的《希腊古瓮颂》提供了启迪？艺术，也唯有艺术，能令考古学变得美妙。戏剧艺术能最直接、最生动地运用它，因为它能将现实生活的幻象和虚幻世界的奇观融于一场精美的演出之中。十六世纪不仅仅是维特鲁威③的时代，也同样是韦切利奥④的时代。每个国家似乎一时间都对邻国的服饰产生了兴趣。欧洲开始研究自己的服装，出版发行的有关民族服装类的书籍总量相当惊人。在十六世纪初，带

---

① 麦克思·穆勒（Max Muller，1823—1900），德裔英国语言学家、比较宗教学家、东方学家，牛津大学教授。
② 乔凡尼·巴蒂斯塔·皮拉内西（Giovanni Battista Piranesi，1720—1778），意大利雕刻家和建筑师。
③ 马可·维特鲁威（Marcus Vitruvius Pollio，前70—前25），罗马人，他学识渊博，编写建筑学论著，著作中的众多观点流传至文艺复兴时代。
④ 恺撒·韦切利奥（Cesare Vecellio，1521—1601），意大利雕刻家、画家，是提香的表兄弟。

有两千幅插图的《纽伦堡编年史》①发行了第五版,到十六世纪结束时,明斯特尔②的《宇宙志》已有十七个版本问世。除了这两本书,还有迈克尔·柯林斯、汉斯·威格尔、安曼和韦切利奥本人的作品,所有这些作品都附有精美的插图,韦切利奥书中的一些绘画或许还是出自提香之手。

他们获取知识不单通过书籍和论文,海外旅行习惯的形成、各国间商业往来的剧增以及外交使团的频繁交流为每个国家都提供了众多研究当代不同类型服饰的机会。例如,在沙皇、苏丹和摩洛哥王子的使节离开英国后,亨利八世和他的友人们便会举办几场身着这些来访者奇装异服的假面舞会。之后,伦敦看到了,或许有些过于频繁地看到西班牙宫廷的黯淡华丽,来自世界各地的使节都来觐见伊丽莎白女王。莎士比亚告诉我们,他们的穿着对英国的服饰产生了深远的影响。

这种兴趣并不仅仅局限于古典服装或外国服装,还有大量针对英国自身古代服饰的研究,这些研究尤其存在于

---

① 《纽伦堡编年史》(*Nuremberg Chronicle*),德国人文学者哈特曼·舍德尔所作的配有丰富插图的世界历史著作,内容以《圣经》为基础记载了许多历史事件。
② 塞巴斯蒂安·明斯特尔(Sebastian Munster,1489—1552),德国地理学家,长期主持编辑《宇宙志》(*Cosmography*),该书介绍了当时已知世界的各个地区,主要是欧洲,尤其是德国,在一个多世纪中,被视为世界地理的权威著作。

戏剧界人士之中。而当莎士比亚在某部剧作的序言中表达他对无法制作出那个时期头盔的遗憾时,他是作为一个伊丽莎白时代的剧院经理在发声,而不仅仅是一个伊丽莎白时代的诗人。譬如在他那个时代,《理查三世》在剑桥上演,剧中演员们所穿的是真正的理查三世时代的衣装,它们都是从伦敦塔数量巨大的历史服装藏品中挑选而来的,那里一向允许剧院经理的拜访,有时还可供他们使用。我不禁想到,这场戏就服饰而言,一定远比盖里克[①]演出的《理查三世》更具艺术性,在他的那出戏中,盖里克自己身着毫不起眼的花哨服饰,其他人则穿着乔治三世时代的戏装,里奇蒙[②]却因一身年轻禁卫军的制服而备受赞美。

考古学登上戏剧舞台出乎意料地惊吓到了批评家们,但它在其中所起的作用,难道不就是仅凭它便能带给我们戏剧情节发生背景中的那个时代的建筑和服饰吗?它使我们得以看到一个希腊人穿戴得像个希腊人,一个意大利人穿戴得像个意大利人,得以欣赏到威尼斯的拱廊和维罗纳的阳台。倘若这出戏涉及我国历史上的任何一个伟大时

---

① 大卫·盖里克(David Garrick, 1717—1779),英国知名演员,因饰演理查三世一跃成名。
② 里奇蒙(Richmond),《理查三世》中的人物,即后来的亨利七世。

代，我们还能够打量那时的装束以及国王的习性。顺便说一句，前不久在公主剧院，帷幕升起，古罗马元老院议员布鲁图斯斜倚在安妮女王时代的椅子上，戴着松散的假发，穿着花色晨衣，而那正是上世纪被认为尤其符合古罗马人的装扮，我想知道看到这一幕的利顿勋爵会说些什么！在那些戏剧美好安宁的岁月中，没有考古学困扰舞台抑或令批评家们苦恼，我们缺乏艺术感的祖辈们平静地端坐在年代错乱的沉闷气氛中，以平淡时代的镇静自得地看着涂脂抹粉的亚西莫①、衣服饰有蕾丝褶边的李尔王以及套着宽大裙撑的麦克白夫人。我可以理解考古学因为过度的逼真和现实性而遭受攻击，但攻击它的迂腐学究就似乎太过离谱了。然而，因任何原因抨击它都是愚蠢的，人们何不妨对赤道也无礼地品头论足一番？因为考古学作为一门科学，无所谓是好是坏，它只简单地关乎事实。它的价值完全取决于如何去利用它，而唯有艺术家才能运用自如。我们寄望从考古学家那里索取素材，寄望从艺术家那里寻求方式。

在构思莎士比亚的任何一部戏剧的布景和服饰时，艺

---

① 亚西莫（Iachimo），《辛白林》中的人物。

术家首先需要确定的是剧情发生的最恰当时代。这应该取决于戏剧的整体精神，而不该以剧中所发生的真实历史事件作为参考。我见过的大多数哈姆雷特们所处的时间都过早了些。哈姆雷特本质上是文艺复兴的一个学生。如果说，根据戏中丹麦人近来对英国侵略这个典故来看的话，需要将时间前移至九世纪，但花剑的使用则又将时间大大地推后了。然而，一旦确定了时代，考古学家便会将历史事实提供给我们，艺术家则将其转换为艺术效果。

有人说莎士比亚戏剧中的时代错误本身便向我们表明了他对历史准确性漠不关心的态度，从赫克托耳对亚里士多德的轻率引用[①]中也大大可见这种说法。但另一方面，这种时代错误也确实屈指可数，而且并非十分重要，如果有艺术家伙伴提醒他留意的话，他很可能已经纠正过来。因为，虽然它们很难被看作瑕疵，但必然也不会是他作品中堪称美妙的部分；或者，倘若它们的确美妙的话，它们时代错误的魅力也至少不该被凸显，除非剧本是按照其恰当的时代准确编排的。然而，纵观莎士比亚的戏剧，真正值得注意的是在人物和情节上非同一般的准确性。他戏剧

---

① 见莎士比亚以特洛伊战争为背景的戏剧《特洛伊罗斯和克瑞西达》。

中的许多人物都是真实存在过的,还有一些人物是他的部分观众可能在现实生活中见过的。事实上,那时对莎士比亚最猛烈的抨击缘于他对科伯姆勋爵[①]带有假想的夸张描述。至于戏剧中的情节,莎士比亚不断地从真实的历史抑或古老的民谣和传说中汲取,这些民谣和传说被伊丽莎白时期的民众视为历史,即便是现在,细致严谨的历史学家也不会认为它们是完全毫无依据的就不予以考虑。他不仅选取事实取代想象作为他许多富有想象力作品的基础,而且他的每一部戏剧始终都会体现关乎那个时代的普遍特性,简而言之,即社会氛围。他认为愚蠢是所有欧洲文明的永恒特征之一,因而他那个时代的伦敦暴徒也好,异教徒时代的罗马暴徒也罢,又或是墨西拿愚笨的巡夜人和温莎愚笨的治安法官,在他看来都无甚区别。但当他要塑造更重要的人物,塑造每个时代的代表人物时,哪些人如此杰出以至于成为其所处时代的象征,他便绝对会在他们身上烙上那个时代的印迹和符号。维吉利娅是那些墓前刻着"她于家中纺织"的罗马妇人中的一个,正如朱丽叶无疑

[①] 科伯姆勋爵(Lord Cobham,1378—1417),英国罗拉德教派领导者,莎士比亚曾将其作为人物原型,后遭到其后人反对,抗议他将祖先殉道者的形象描绘成无赖丑角,这一角色的名字便更改为福斯塔夫。

是文艺复兴时期的浪漫姑娘一样。他甚至在种族特征上也寻求真实。哈姆雷特拥有北方民族所有的想象力和优柔寡断，凯瑟琳公主①则像《夫妇之道》②中的女主人公一样完全是个法国人。亨利五世是纯粹的英国人，奥赛罗则是个名副其实的摩尔人。

同样，在莎士比亚运用英国十四至十六世纪的历史时，他如此细致谨慎地令戏中的史实完全正确无误，不觉令人为之赞叹——事实上，他是满怀着好奇的忠诚之心追随着霍林希德③的。法国与英国之间长年不断的交战被描绘得异常精准，包括被围困城镇的名字、登陆和上船的港口、战斗的地点和日期、双方指挥官的军衔以及伤亡的名单。至于玫瑰之战，我们看到了大量有关爱德华三世七子详尽的家谱；而敌对的约克和兰开斯特家族对王位的主张也被他充分地予以论述。如果英国贵族不将莎士比亚作为一个诗人来品读的话，他们也必定会将他的作品视为一种早期的贵族家谱来品读。几乎每一个上议院的头衔，当

---

① 《亨利五世》中的人物。
② 《夫妇之道》（*Divorcons*），由 Victorien Sardou 和 Emile DeNajac 共同创作的作品。
③ 拉斐尔·霍林希德（Raphael Holinshed，约 1529—1580），英国历史学家，编著的《英格兰、苏格兰和爱尔兰编年史》（*The Chronicles of England, Scotland and Ireland*）一书是莎士比亚的主要历史参考书目。

然除却那些上议院法官所担负的乏味头衔之外，都在莎士比亚所写的家族历史中出现过，伴随着众多值得称颂或有损尊严的细节。事实上，如果教育委员会真的认为孩子们应该有必要知晓关于玫瑰之战的一切的话，他们可以从莎士比亚的剧作中习得这些课程，就跟从初级读本上习得的一样，而我自不必说，这样的学习要愉快得多。即使在莎士比亚所处的时代，他这种在戏剧中运用历史的方式也得到了认可。"历史剧向那些没有从编年史中了解历史的人们讲授历史"，海伍德曾在一本关于舞台的小册子中这样说过，然而我相信十六世纪的编年史读起来要比十九世纪的入门课本更有趣得多。

当然，莎士比亚戏剧的美学价值丝毫不依赖于史实，而取决于真理，真理始终独立于史实之外，它随心所欲地构筑或选取它们。但莎士比亚对史实的运用仍旧是他工作方式中最有趣的一部分，这向我们表明了他对舞台的态度，以及他与伟大的幻象艺术之间的关联。事实上，他会非常诧异于有人像利顿勋爵那样将他的戏剧看作"神话故事"，因为他的目标之一便是为英国创作一种民族性的历史剧，描绘广为民众熟知的那些事件，刻画活在人们记忆中的那些英雄。几乎无须我多言，爱国精神并非艺术的必备品质，但对艺术家来说，它意味着以一种共识代替了个人之见，而对民众来说，它是以最诱人、最受欢迎的形式来展现一件艺术作品。值得注意的是，莎士比亚最初和最后的成就都在于历史剧。

或许会有人问，这与莎士比亚对戏装的态度有何关系？我的答案是，一个对于历史事实的准确性如此煞费苦心的剧作家，一定会乐意采纳匹配历史的服装作为他幻象手法中一个最重要的点睛之笔。我毫不犹豫地说，他的确是这样做的。《亨利五世》序言中所谈及的当时的头盔或许被认为是独出心裁，尽管莎士比亚一定经常看到：

仅仅这头盔
便令阿金库尔的空气为之颤动[①]

它仍悬挂于昏暗的威斯敏斯特教堂中，一旁是那"声望昭著的国王"的马鞍，还有带着凹痕的护盾，蓝色丝绒衬里被撕裂在外，上面的金色百合也已褪色；但在《亨利六世》中运用的军式搭肩衫便纯粹是有些考古学了，因为在十六

---

① 出自《亨利五世》。

世纪并不穿这些。我想提一句，在莎士比亚的时代，国王的那件搭肩衫仍然挂在温莎的圣乔治教堂，他的墓冢上。因为，直到1645年庸俗之辈取得那令人遗憾的胜利，英国的大小教堂都是伟大的国家考古博物馆，其中存放着英国历史中的英雄们所穿的盔甲和服装。当然，大部分文物是被保存在伦敦塔塔内的，甚至在伊丽莎白时代，游客们被带去那里观赏过往时代的稀奇遗物，诸如查尔斯·布兰登的巨矛，相信我们国家的观光者对此依然充满着钦佩之情。而大教堂和礼拜堂则通常被认为是最适宜存放历史文物的圣地。坎特伯雷仍然能向我们展示黑王子的头盔，威斯敏斯特有我们国王们的衣袍，还有古老的圣保罗教堂中那面曾在博斯沃思战场上挥舞过的旗帜，正是里奇蒙亲手悬挂的。

其实，莎士比亚在伦敦各处都能看到往昔的服装和饰物，毋庸置疑，他利用了自己的这些机会。比如说，在真实战争中使用过的长矛和护盾——这在他的戏剧中极为常见——便来源于考古学，而非他那个时代的军用装备；还有在战役中普遍配备的盔甲也并非他那个时代的特征，那时的盔甲在火器面前被迅速地舍弃了。同样，华威头盔上的纹章在《亨利六世》中如此重要，这在以十五世纪为背景的戏剧中完全正确，当时人们普遍佩戴纹章，但在以莎士比亚时代为背景的戏剧中便全然不是这样，那时羽毛和翎毛已经取代了它们——正如他在《亨利八世》中告诉我们的，这种羽饰的风潮是自法国流传而来。那么，我们可以肯定的是，历史剧运用了考古学，至于其他主题的戏剧，我觉得也必定如此。朱庇特手握雷电跨在鹰身上的出场，朱诺领着她的孔雀现身，伊里丝[①]举着她多彩的弓亮相，亚马逊人的假面舞会和五伟人的假面舞会，这些都可以被看作源于考古学。狱中的波塞摩斯在梦境中看见西塞律斯·里奥那托斯[②]——"一位老者，身着战士般的装束，牵领着一个老妇人"——这显然也源于考古学。我已经说过，拉山德以"雅典人的装扮"区别于奥布朗；但最显著的例子莫过于莎士比亚为了科利奥兰纳斯[③]的服装，直接去钻研了普鲁塔克[④]。那位历史学家在他的《希腊罗马名人传》中告诉我们，盖乌斯·玛尔奇乌斯必须按照古老的方式头戴栎树花冠，身穿有些古怪的衣服去游说选民。在这

[①] 伊里丝（Iris），希腊神话中的彩虹女神。
[②] 西塞律斯·里奥那托斯（Sicilius Leonatus），《辛白林》中的人物，波塞摩斯之父。
[③] 科利奥兰纳斯，莎士比亚晚年同名戏剧中的主角。
[④] 普鲁塔克（Plutarch，46—120），罗马帝国时代的希腊作家、哲学家、历史学家，以《希腊罗马名人传》一书闻名后世，莎士比亚的不少剧作都取材于他的记载。

两个方面，他投入了长期的系统性研究，探寻这古老习俗的起源与意义。莎士比亚本着真正的艺术家精神，吸纳了古文物研究者所提供的史实，并将其转换，赋以戏剧化又鲜活的效果：事实上，那谦卑的长袍，即莎士比亚所谓的"狼皮"才是这出戏剧的中心标志。我还可以引用其他的例子，但这一个便足以诠释我的意图。无论如何，显而易见的是，根据最优秀的权威说法，以符合当时的服装上演戏剧，我们便是在实现着莎士比亚自身的愿望和方法。

即使不是这样，我们也没有理由延续任何不完善之处（这些缺陷可能还被认为是莎士比亚舞台表演的特征），正如我们没有理由让一个年轻男性来饰演朱丽叶，或放弃变幻多端的布景优势。一件伟大的戏剧艺术作品应该不仅仅通过演员表达现代的激情，还应该以最契合现代精神的形式向我们呈现。拉辛在一个挤满观众的舞台上上演了他的罗马戏剧，剧中人物一身路易十四时期的装扮，但为了享受他的艺术，我们需要不同的环境。为了呈现完美的幻景，细节的准确精确对我们而言是必要的。我们必须知道的是，这些细节不能篡夺重要之处，它们必须始终服从戏剧的整体主旨。但艺术中的服从并不意味着对真理的忽视，而意味着将事实转换为艺术效果，并令每个细节实现恰当的相应作用。雨果说：

> 诗人必须精心研究和再现历史与家庭生活中的微小细节，但这只是作为一种增强整体现实性的手段，使普遍而强大的生活穿透作品最晦涩的角落，在其中的人物才会更真实，灾难也会因此更凄美。一切都必须服从这个目标。将人物置于舞台的中央，其余皆为背景。

这段话很有趣，因为它出自第一位将考古学运用于舞台的伟大的法国剧作家之手，尽管他的戏剧在细节上完全正确无误，但之所以广为人知，是因为它们的激情，而非它们的谨小慎微——是其中所展现的生活，而非其中的学识。在奇特或异常的措辞上，他的确做出了某些妥协。吕伊·布拉斯说德·普里埃戈[①]是"国王的臣民"，而非"国王的贵族"，安日洛·马利皮埃罗[②]用"红色十字"取代了

[①] 吕伊·布拉斯（Ruy Blas）和德·普里埃戈（de Priego），均为雨果的剧本《吕伊·布拉斯》（*Ruy Blas*）中的人物。
[②] 安日洛·马利皮埃罗（Angelo Malipieri），雨果的剧本《安日洛，帕多瓦的暴君》中的人物。

"红十字纹章",但它们是对民众的让步,更准确地说,是对部分人的让步。"我向睿智的观众道歉,"他在某个剧本的注释中说,"让我们希望有朝一日,威尼斯的贵族能在剧院中直言他的徽章。这个进步,将会到来。"而且,尽管在对纹章的描述上并未以精准的语言予以表达,但纹章本身的出现却依旧准确而恰当。当然,也许可以说公众并没有注意到这些事情。而另一方面,我们需要牢记的是,艺术除了她自身的完美之外,别无他求,她只是按照自己的法则在前行,那些哈姆雷特描述的,于民众而言是鱼子酱般存在的戏剧,正是他高度赞扬的戏剧。此外,无论如何,英国的民众已经产生了一些改观,现在人们对于美的欣赏要强过数年之前,虽然他们或许对所看戏剧的权威性和考古资料并不熟知,但他们仍然能享受其中的美好事物。这很重要。在玫瑰中得到乐趣,要胜过将它的根放在显微镜下研究。考古的精确性只是营造舞台幻景效果的一个条件,并不能代表其品质。而利顿勋爵曾建议,服装仅仅只需要漂亮,而不必寻求那些准确性,这一说法缘于他对戏装的性质和其在舞台上的价值的误解。这种价值是双重的,即生动性和戏剧性,前者依赖服装的色彩,后者则取决于它的设计和特点。然而这两者紧密交织,在我们这个时代，每当历史的准确性被忽视，一出戏中便会存在来自不同时代的稀奇古怪的衣服，结果导致舞台变成了戏装的大杂烩，变成了各个世纪的夸张漫画和化装舞会，直到完全毁灭了所有的戏剧和生动效果。因为一个时代的服装与其他时代的服装在艺术上并不和谐，而且，就戏剧价值而言，混淆戏装便是混淆戏剧。服装在发展、演变，它是每个世纪在礼仪、习俗和生活方式上重要的甚或是最重要的标志。清教徒对衣服的颜色、饰物和优雅的厌恶是十七世纪中产阶级对美的强烈反抗的一部分。一个无视服装的历史学家向我们展现的是最粗略模糊的时代图景，一个没有利用服装的剧作家会在营造幻景效果时错失最重要的元素。理查二世统治时期服饰的柔美特征是当时作家们永恒的主题。在那两百年之后，从冈特的约翰的责备到理查自己在第三幕中的退位演说中可见，莎士比亚令国王喜好艳丽服装和外来风尚成为其戏剧中的一个要点。在我看来，莎士比亚曾赴威斯敏斯特大教堂考察过理查的墓冢，这在约克的台词中便可得见——

> 看，看，理查国王亲自出现了
> 像那因不满而涨红了脸的太阳

察觉到嫉妒的浮云佝偻着

要来遮蔽他的荣耀时，

便自东方炽热的入口处一跃而升。①

因为我们仍然可以从国王的长袍中辨认出他最钟爱的徽章——那从云层中钻出的太阳。事实上，每个时代的社会环境都体现在服装之中，因此穿着十四世纪的戏装上演一部十六世纪背景的剧作，抑或相反，都会因不真实而令表演显得空洞虚假。而且，尽管舞台上美的效果很重要，但最绝妙的美不仅仅与分毫不差的细节相辅相成，而且实际上还是依赖于它的。要创造一种全新的戏装几乎是不可能的，除非是在滑稽讽刺表演或华丽夸张的娱乐表演中，若说将不同世纪的服装合而为一，这样的尝试将是危险的，莎士比亚对这种混杂所产生的艺术价值的看法可以从他对伊丽莎白时代的花花公子的不断讥讽中得见，他们总自认为穿戴不凡，因为他们的紧身短上衣出自意大利，帽子出自德国，而紧身裤则来源于法国。值得留意的是，我们舞台上所呈现的最迷人的场景是那些以完美的准确性为

---

① 出自《理查二世》。

特征的场景,例如班克罗夫特夫妇在干草市场重演的十八世纪的剧作,欧文先生在《无事生非》中卓越的演出以及巴雷特①先生的《克劳狄》。此外,这也是对利顿勋爵理论最完整的回答:我们必须记住,剧作家的首要目标根本不在于戏装之美,也不在于对白之美。真正的剧作家首先寻求那些富有特征的东西,他并不希望所有的角色都身着华服,也不希望他们都拥有美好的天性或说一口完美的英语。确切地说,真正的剧作家向我们揭示的是艺术环境下的生活,而不是生活形式中的艺术。希腊服饰是迄今世上最迷人的服装,而上世纪的英国服饰则是最丑陋的服装之一,我们不能将为索福克勒斯戏剧所备的服装用于谢里丹②的戏剧中。因为,正如波洛涅斯③在他那精彩的演讲中所说——很高兴有机会对这篇演讲表达我的感激之情——服装的一个首要品质便是它自身的表现力。上个世纪装腔作势的服装风格是礼仪和言论都惺惺作态的社会影响下所产生的自然特征——这特征正是现实主义剧作家高度重视

---

① 班克罗夫特(Bancroft)夫妇、欧文(Henry Irying)和巴雷特(Wilson Barrett),均为英国戏剧演员。
② 理查德·布林斯利·谢里丹(Richard Brinsley Sheridan,1751—1816),英国社会风俗喜剧作家、政治家和演说家。
③ 波洛涅斯(Polonius),《哈姆雷特》中的人物,御前大臣,奥菲利娅的父亲。

的，甚至需要精确到哪怕最微小的细节，他只能从考古学中获得这些材料。

但仅凭服装的准确性是不够的，它还必须与演员的身材和外表相契合，与剧中他所处的境况以及必要的情节相符。譬如，海尔[①]先生在圣詹姆斯剧院出演的《皆大欢喜》中，奥兰多抱怨他被培养成了一个佃农，而非一位绅士，这点完全被他那身华丽的衣服所破坏，而被流放的公爵和他的朋友们所穿的华贵服装也实在是格格不入。刘易斯·温菲尔德先生解释说，这一时期的《禁奢法》令他们不得不这样做，但这种理由恐怕并不充分。潜藏在树林中以打猎为生的被放逐者们不大可能会过多地在意有关服装的法令，他们很可能会装扮得像罗宾汉一样，事实上，在这部剧中他们确实还被比作了罗宾汉。他们的服装不是富有的贵族所穿的那种，这可以从奥兰多打断他们所说的话中看出来。他误以为他们是强盗，却惊诧地发现他们答复他时措辞谦恭，温文尔雅。阿奇博尔德·坎贝尔夫人在 E.W. 戈德温先生的指点下，在库姆布伍德剧院上演了同一出戏，就道具而言，要更具艺术性得多，至少在我看

[①] 约翰·海尔（John Hare，1844—1921），英国演员。

来是如此。公爵和他的同伴们穿着哔叽外衣、皮革紧身背心，蹬着高筒靴，戴着防护手套，顶着三角帽和风帽。我相信，倘若他们在真正的森林中戏耍时，一定会发现他们的服饰极为便捷。剧中的每个角色都穿上了恰到好处的服装，他们棕色和绿色的衣服与他们漫步穿越的蕨类植物、他们在其下休憩的树木以及环绕着牧歌演奏者们的迷人的英国风景巧妙地相互映衬。完美逼真的场景因每件服饰都完全准确和恰当而得以显现。即便是考古学，也不可能受到比这更严苛的考验，或取得更辉煌的成就了。整个作品全然向我们表明，除非一件衣服在考古学方面是准确无误的，在艺术方面是恰到好处的，否则它看起来就总是不真实、不自然而做作的，有虚假之感。

此外，光有色彩优美、准确而适宜的服装仍然不够，舞台的整体还必须具备色彩之美。如果背景由一位艺术家描绘，而前景形象则由另一位艺术家自主设计，那对于要呈现出一幅整体画面的场景来说，便有着缺乏协调统一的危险。确定每一个场景的色彩风格应该与确定一个房间的装饰一样绝对，对于想要使用的色彩构成，应该在每一种可能的结合方式中尝试一次次的混合，同时去除不和谐之处。另外，至于那几种特殊的颜色，在舞台上往往过于耀眼，部分是由于对炽热、激烈的红色的过度使用，部分是因为戏装看起来太过簇新。破旧，在现代生活中仅仅是下层社会的风格趋向，但它也不乏艺术价值，现代色彩倘若经过少许的褪色，时常会获得大幅改善。蓝色也被使用得过于频繁：那不只是一种煤气灯所闪现的危险颜色，而且在英国要找到一种完全绝妙的蓝色确实非常困难。我们都为之赞叹不已的美妙的中国蓝，需要耗费两年时间去印染，而英国的民众是不会为了一种颜色等待这么久的。当然，孔雀蓝已经被运用于舞台，且占据了极大的优势，尤其是在兰心戏院中，但是我所见过的所有在优美的浅蓝色或深蓝色上的尝试都是失败的。黑色的价值甚少能被人欣赏，在《哈姆雷特》中，欧文先生曾以它为色彩构成的中心色调有效利用，但它作为确定基调的中性色的重要性却并未得到认可。考虑到这是在波德莱尔所说的"我们为任何葬礼而庆祝"的世纪中普遍的衣服颜色，这便有些奇怪了。未来的考古学家可能会认为这是个黑色之美被理解的时代，但是就舞台布景和房间装饰来看，我很难认为这是真的。当然，它的装饰价值与白色或金色是相同的，它可以令色彩之间相互分隔或融合。在现代戏剧中，主人公的黑色长礼服本身就变得非常重要，应该以适宜的背景来映衬，但很少有能做到的。事实上，对一部以现代服饰为装束的戏剧而言，我所见过的唯一最完美的背景是兰特里夫人出演的《乔治公主》①第一幕中深灰色和乳白色相间的场景。通常来说，主人公总是在小摆设和棕榈树中窒息，或在路易十四那些家具的浮华深渊中迷失，或沦为镶嵌细工中的一只小小的蠹虫，然而背景却始终应是背景，其色彩应服从于戏剧效果。自然，只有在一个头脑统筹指导整个演出时，才能做到这点。艺术的细节是各异的，但艺术效果的本质却是统一的。君主制、无政府主义和共和主义可能会为国家的政权而争斗，但剧院应该由一位富有修养的专制者当权。工作或许会有所分工，但不能有思想上的分工。任何能理解一个时代服饰的人，必然也能理解当时的建筑和环境，从某个世纪的椅子可以很容易看出那是否是一个盛行裙撑的世纪。事实上，艺术中是没有专业化之分的，一场真正富有艺术性的演出应该留下一位，唯独只有一位大师的印记，他不仅仅应该设计和安排一切，而且还应该全权掌控每件戏装的穿戴方式。

马尔斯小姐在首次出演《欧那尼》②时，坚决拒绝称呼

---

① 《乔治公主》(*Princesse Georges*)，小仲马的戏剧著作。
② 《欧那尼》(*Hernani*)，维克多·雨果的歌剧作品。

她的爱人为"我的雄狮!",除非允许她戴上那时大街上正流行的时髦的无边女帽;当今我们自己舞台上的很多年轻女士坚持要在希腊裙子里套上浆硬的衬裙,完全破坏了线条和褶层所具备的精致感。这些邪恶的事情不应被容许。而且,应该要有比现在更多的着装彩排。像福布斯·罗伯逊先生、康威先生、乔治·亚历山大先生等演员,更不用说较为年长的艺术家们,能够穿着任何世纪的戏装,举止优雅自如,但也有不少人,如果没有侧兜,他们的双手似乎看起来便极其不知所措,而且他们总穿着自己的衣服,好像那就是戏装一样。当然,戏装本身要看设计者,但衣服应当是属于穿上它们的人。现在应该是时候停止这在舞台上十分盛行的观点了,即希腊人和罗马人总是光着脑袋在户外活动——伊丽莎白时代的剧院经理们没有犯下这个错误,因为他们让罗马元老院议员们穿上了长袍,戴上了风帽。

更多的着装彩排也将有助于向演员们解释,一种姿态和举止不仅仅要与每一种服装风格相配合,而且实际上还受其制约。譬如说,十八世纪夸张的双臂动作必然是宽大的衬裙环架所导致的结果,而伯利冷峻的威严则归功于他的轮状皱领,同归功于他的明智一样。另外,除非演员穿着戏装也能自若无拘,否则他便还无法自如地扮演自己的角色。

至于美丽的戏装在激发观众艺术气质的价值上，以及它对于营造那份为了美而沉浸其中的愉悦的意义——若没有那份愉悦，伟大的艺术杰作便永远无法被理解——我不在此处谈论。尽管去注意莎士比亚在他的悲剧作品上演时对这方面的问题如何重视是值得的，他的这些作品总是在人造光下，在垂挂着黑色帷幕的剧院中演出，但我试图指出的是，考古学并非一种陈旧迂腐的方式，而是一种制造艺术幻象的方式，戏装是一种无须加以描述便能展现人物性格以及营造戏剧情境和戏剧效果的手段。我认为遗憾的是，如此多的批评家在这运动还全然没有臻于真正的完美前，便开始抨击这现代戏剧最重要的运动之一。然而我相信它会得偿所愿的，就像我们也会要求未来的戏剧批评家们，比仅仅能记住麦克里迪或见过本杰明·韦伯斯特具备更高的水准。事实上，我们还要求他们培养一种美感。这愈加艰难，便愈加光荣。如果他们不予以鼓励，至少他们不应反对，这所有像莎士比亚般的剧作家都最为赞同的运动，因为它有真理的幻象为其方法，有美之幻象为其结果。我并非悉数肯定我在这篇文章中所述的一切，有不少是我完全不赞成的。这篇文章仅仅代表了一种艺术立场，而在美学批评中，观点便是一切。因为在艺术中不存在普遍的真理，艺术中的真理，便是其矛盾之处也同样是真的。就像只有在艺术批评中，只有通过它，我们才得以领会柏拉图的思想理论一样，也只有在艺术批评中，只有通过它，我们才能认识到黑格尔的对立体系。形而上学的真理正是面具的真理。

图书在版编目（CIP）数据

作为艺术家的批评家 /（英）奥斯卡·王尔德著；张帆译 . -- 北京：北京联合出版公司，2023.1
ISBN 978-7-5596-6337-5

Ⅰ.①作… Ⅱ.①奥… ②张… Ⅲ.①文学评论—文集 Ⅳ.① I06-53

中国版本图书馆 CIP 数据核字（2022）第 126004 号

作为艺术家的批评家

作　　者：[英]奥斯卡·王尔德
译　　者：张　帆
策　　划：苏　远
责任编辑：徐　樟
特约编辑：杜婵婵　杨　丽
封面设计：刘振东

北京联合出版公司出版
（北京市西城区德外大街83号楼9层　100088）
北京联合天畅文化传播公司发行
北京美图印务有限公司印刷　新华书店经销
字数100千字　889毫米×1194毫米　1/32　8.5印张
2023年1月第1版　2023年1月第1次印刷
ISBN 978-7-5596-6337-5
定价：60.00元

版权所有，侵权必究
未经许可，不得以任何方式复制或抄袭本书部分或全部内容
本书若有质量问题，请与本公司图书销售中心联系调换。
电话：010-65868687　010-64258472-800